中國小說發展史

亂世中小說的千姿百態

從《豆棚閒話》到《聊齋志異》，
從超脫俗世的諷喻到神異虛幻
的追求

作者

石昌渝

目錄

目錄

目錄

自序

自魯迅《中國小說史略》問世以來，近百年間，這類作品可以說林林總總，其中小說斷代史、類型史居多，小說全史也有，然全史鮮有個人編撰者。集體編撰，集眾人之力，能在短時間裡成書，且能發揮撰稿者各自所長，其優勢是明顯的，但它也有一個與生俱來的弱點：脈絡難以貫通。即便有主編者訂定體例，確定框架，編次章節，各章撰稿人卻都是秉持著自己的觀點和書寫風格，各自立足本章而不大能夠照應前後，全書拼接痕跡在所難免。因此，多年以前我就萌發了一個心願：以一己之力撰寫一部小說全史。

古代小說研究，在古代文學研究領域中，比詩文研究要年輕得太多，作為一門學科，從「五四」新文學運動算起，也只有百年的歷史，學術在不斷開拓，未知的空間還很大。就小說文獻而言，今天發現和開發挖掘的就遠非魯迅那個時代可以相比的了。對於小說發展的許多問題和對於小說具體作品的思想藝術，一代人有一代人的看法。史貴實、貴盡，而史實正在不斷產生，每過一秒就多了一秒的歷史，「修史」的工作也會一代接續一代地繼續下去。

小說史重寫，並不意味著將舊的推翻重來，而應當是在舊的基礎上修訂、補充，在想法上能夠與時俱進。我認為小說史

自序

不應該是小說作家、作品論的編年，它當然應該論作家、論作品，但它更應該描敘小說歷史發展的進程，揭示小說演變的前因後果，呈現接近歷史真相的立體和動態的圖景。小說是文學的一部分，文學是文化的一部分，文化是社會生活的一部分，小說創作和小說形態的生存及演變，與政治、經濟、思想、宗教等有著千絲萬縷的關係，揭示這種複雜關係洵非易事，但它卻是小說史著作必須承擔的學術使命。小說史既為史，那它的描敘必須求實。經過時間過濾篩選，今天我們尊為經典的作品固然應該放在史敘的顯要地位，然而對那些在今天看來已經黯然失色，可是當年在民間盛傳一時，甚至傳至域外，對漢文化圈產生了較大影響的作品，也不能忽視。史著對歷史的描述大多不可能與當時發生的事實吻合，但我們卻應當努力使自己的描述接近歷史的真相。

以一己之力撰寫小說全史，也許有點自不量力，壓力之大自不必說。從動筆到今天完稿，經歷了二十多個年頭，撰寫工作時斷時續，但從不敢有絲毫懈怠。我堅信獨自撰述，雖然受到個人條件的諸多局限，但至少可以做到個人的小說觀念能夠貫通全書，各章節能夠前後照應，敘事風格能夠統一，全書也許會有疏漏和錯誤，但總歸是一部血脈貫通的作品。現在書稿已成，對此自己也不能完全滿意，但限於自己的學識，再加上年邁力衰，也就只能如此交卷了。

導論

一、小說界說

為小說撰史，首先要弄清楚「小說」指的是什麼。「小說」概念，歷來糾纏不清。糾纏不清的原因，是我們總在文字上打轉。「小」和「說」的連用，最早見於《莊子・外物》：「飾小說以干縣令，其於大達亦遠矣。」意思是說裝飾淺識小語以謀取高名，那與明達大智的距離就遙遠了。這裡「小說」還不是文體概念。首先指「小說」為一種文類的是東漢的桓譚和班固。桓譚說：「若其小說家，合叢殘小語，近取譬論，以作短書，治身理家，有可觀之辭。」[01]

班固說：「小說家者流，蓋出於稗官。街談巷語，道聽塗說者之所造也。孔子曰：『雖小道，必有可觀者焉，致遠恐泥。』是以君子弗為也，然亦弗滅也。閭里小知者之所及，亦使綴而不忘，如或一言可采，此亦芻蕘狂夫之議也。」[02]

兩人說法相近，皆指一種「叢殘小語」，記錄的是街談巷語，「芻蕘狂夫之議」，其中或者含有一些治身理家的小道理。班固說這些「叢殘小語」是由專門收集庶人之言的「稗官」所編撰，意在向天子反映民情。這種文類與後世文學類中散文敘

---

01 《昭明文選》卷三十一江淹雜體詩〈李都尉陵從軍〉注。

02 《漢書・藝文志》。

事的小說絕不是一回事，但「小說」作為一種文體概念卻成立了，而且影響深遠。後來歷代史傳典志著錄藝文類都有「小說家」，正如清代《四庫全書總目》所說，「其來已久」，並將「小說」分為三派，「敍述雜事」，「記錄異聞」，「綴輯瑣語」。如《西京雜記》、《世說新語》、《唐國史補》、《開元天寶遺事》、《癸辛雜識》、《輟耕錄》等歸在「雜事」類，《山海經》、《穆天子傳》、《漢武故事》、《搜神記》、《夷堅志》等歸在「異聞」類，《博物志》、《述異記》、《酉陽雜俎》等歸在「瑣語」類。《四庫全書總目》認為「小說」應承擔「寓勸戒、廣見聞、資考證」的功能，所謂「猥鄙荒誕，徒亂耳目者」，不合古制，有失雅馴，一概排斥。《四庫全書總目》的「小說」概念，代表了傳統目錄學的觀點，與文學類的「小說」含義相差甚遠。

　　按照《四庫全書總目》的小說概念，不但白話短篇小說如「三言二拍」之類算不上小說，就連文言的唐代傳奇、《聊齋志異》之類也算不上小說，於是有人認為今天稱之為文學敍事散文的「小說」概念來自於西方。這種看法是知其一，不知其二。殊不知古代，至遲在明代已存在文學敍事散文「小說」的概念，它與傳統目錄學的小說概念並存。明代產生了《三國志演義》、《水滸傳》、《西遊記》、《金瓶梅》四大奇書，產生了「三言」、「二拍」，這些作品，當時人已經稱它們為小說了。清康熙年

間，劉廷璣[03]《在園雜誌》就說：

> 蓋小說之名雖同，而古今之別則相去天淵。自漢、魏、晉、唐、宋、元、明以來不下數百家，皆文辭典雅，有紀其各代之帝略官制，朝政宮幃，上而天文，下而輿土，人物歲時，禽魚花卉，邊塞外國，釋道神鬼，仙妖怪異，或合或分，或詳或略，或列傳，或行紀，或舉大綱，或陳瑣細，或短章數語，或連篇成帙，用佐正史之未備，統曰歷朝小說。讀之可以索幽隱，考正誤，助詞藻之麗華，資談鋒之銳利，更可以暢行文之奇正，而得敘事之法焉。降而至於「四大奇書」，則專事稗官，取一人一事為主宰，旁及支引，累百卷或數十卷者……近日之小說若《平山冷燕》、《情夢柝》、《風流配》、《春柳鶯》、《玉嬌梨》等類，佳人才子，慕色慕才，已出之非正，猶不至於大傷風俗。若《玉樓春》、《宮花報》，稍近淫佚，與《平妖傳》之野、《封神傳》之幻、《破夢史》之僻，皆堪捧腹，至《燈月圓》、《肉蒲團》、《野史》、《浪史》、《快史》、《媚史》、《河間傳》、《癡婆子傳》，則流毒無盡。更甚而下者，《宜春香質》、《弁而釵》、《龍陽逸史》，悉當斧碎棗梨，遍取已印行世者，盡付祖龍一炬，庶快人心。

文中所說「歷朝小說」就是傳統目錄學的「小說」，它與文學範疇的小說「相去天淵」，足證今天我們要為之撰史的「小說」的概念，是與「四大奇書」等作品伴生的，絕非舶自西洋。

03　「劉廷璣：《在園雜誌》卷二，中華書局 2005 年版，第 82—85 頁。

導論

　　理論源於實踐，有了「四大奇書」宏偉絢麗的巨著，自然就會有相應的小說理論。在明清兩代有關小說的理論文字中，我們大致可歸納出明清時代對於小說的概念大致有三個要點：

　　第一，小說以愉悅為第一訴求。明代綠天館主人《古今小說敘》云：「按，按南宋供奉局，有說話人，如今說書之流，其文必通俗，其作者莫可考。泥馬倦勤，以太上享天下之養，仁壽清暇，喜閱話本，命內璫日進一帙，當意，則以金錢厚酬。於是內璫輩廣求先代奇蹟及閭里新聞，倩人敷演進御，以怡天顏。」且不論太監進御話本一事之有無，重點是在話本供人消遣這個事實上。凌濛初說他創作《拍案驚奇》是「取古今來雜碎事可新聽睹、佐談諧者」[04]，後來又作《二刻拍案驚奇》同樣是「偶戲取古今所聞一二奇局可紀者，演而成說，聊舒胸中磊塊。非日行之可遠，姑以遊戲為快意耳。」[05]。所謂「新聽睹、佐談諧」、「以遊戲為快意」，都是強調小說是以娛心為第一要義。明代戲劇家湯顯祖談到文言的傳奇小說也持同樣觀點，他為傳奇小說選集《虞初志》作序時說，該書所收作品「以奇僻荒誕，若滅若沒，可喜可愕之事，讀之使人心開神釋，骨飛眉舞。雖雄高不如《史》、《漢》，簡澹不如《世說》，而婉纚流麗，洵小說家之珍珠船也」。[06]

04　即空觀主人（凌濛初）：《拍案驚奇・自序》。

05　即空觀主人：《二刻拍案驚奇・小引》。

06　湯顯祖：《點校虞初志序》，《湯顯祖詩文集》卷五十，上海古籍出版社 1982 年

第二，出於愉悅的訴求，為滿足讀者的好奇和快心，小說不能不虛構。明代「無礙居士」《警世通言敘》稱，小說「人不必有其事，事不必麗其人」；明代謝肇淛[07]說：「凡為小說及雜劇戲文，須是虛實相半，方為遊戲三昧之筆。亦要情景造極而止，不必問其有無也……近來作小說，稍涉怪誕，人便笑其不經，而新出雜劇，若《浣紗》、《青衫》、《義乳》、《孤兒》等作，必事事考之正史，年月不合，姓字不同，不敢作也，如此則看史傳足矣，何名為戲？」

　　清代乾隆年間陶家鶴《綠野仙蹤序》則說得更徹底：「世之讀說部者，動曰『謊耳謊耳』。彼所謂謊者，固謊矣；彼所謂真者，果能盡書而讀之否？……夫文至於謊到家，雖謊亦不可不讀矣。願善讀說部者，宜急取《水滸》、《金瓶梅》、《綠野仙蹤》三書讀之。彼皆謊到家之文字也。」[08]

　　小說雖為杜撰，但並非沒有真實性，它的真實性不表現為所寫人和事為生活中實有，而是表現為所虛構的人和事反映著生活邏輯的真實。

　　第三，既然小說為娛心而虛構，就必須如謝肇淛所說，「亦要情景造極而止」，也就是說，要把假的寫成像是真的，把虛

版，第 1482 頁。

07　謝肇淛：《五雜組》卷十五「事部三」，上海書店出版社 2001 年版，第 313 頁。

08　陶家鶴：《綠野仙蹤序》，《綠野仙蹤》，人民文學出版社 1987 年排印本「附錄」，第 815 頁。

擬的世界描繪得像生活中真實發生的那樣，使人相信，令人感
動。這樣，就必須調動筆墨，該渲染處要渲染，該描摹處要描
摹，總之要達到繪聲繪色、惟妙惟肖的境界。如此，一般來說
「尺寸短書」便容納不了，且不說長篇章回小說，就是話本小說
和文言的傳奇小說，也都不是《搜神記》、《世說新語》式篇幅
所能容納得了的。

如果上述概念基本符合歷史事實的話，那麼可以說古代小
說的誕生在唐代，以傳奇文為主體的文言敘事作品是小說的最
初形態。宋元俗文學興起，由說唱技藝的「說話」書面化而形
成的話本和平話，漸漸成長為長篇的章回小說和短篇的話本小
說，以「四大奇書」和「三言」為代表，構成小說的主體，並
登上文壇與傳統詩文並肩而立。唐前的志怪、志人以及雜史雜
傳雖然與小說有歷史淵源，但它們只是小說的孕育形態，還不
具有小說文體的內涵。不能依據歷代史志的「小說」概念，把
「小說家類」所著錄的作品都視為文學範疇的小說，從而把小說
文體的誕生上溯到漢魏甚至先秦。

二、娛樂與教化

小說的產生，遠在詩歌和散文之後。如果說因情感抒發的
需要而創造了詩，因資政宣教的需要而創造了文，那麼因娛樂
消遣的需要則創造了小說。魯迅說詩歌起源於勞動，小說起源

於休息，「人在勞動時，既用歌吟以自娛，借它忘卻勞苦了，則到休息時，亦必要尋一種事情以消遣閒暇。這種事情，就是彼此談論故事，而這談論故事，正就是小說的起源」[09]。這推測大概距事實不遠。但說故事是口頭的文學，不是書面文學的小說，從口頭到書面的轉化，究竟是怎樣實現的？講故事的傳統可以追溯到上古時代，像清初小說《豆棚閒話》所描寫的鄉村豆棚下講說故事的情形，大概沿演了數千年。口頭故事和書面故事儘管只有一紙之隔，可是從口頭到書面的轉化卻經歷了漫長的歷史歲月。轉化必須條件具備。物質的條件是造紙和印刷，早期的甲骨、絹帛、竹簡不可能去承載供消遣的故事；精神的條件是人們在觀念上接受書面故事也是文的一個部分，傳統觀念認為文章是經國之大業，《文心雕龍》第一篇即為〈原道〉，「聖因文以明道」，「文之為德也大矣」[10]，用文字記錄娛樂性故事，豈不是對經國大業的褻瀆？民間下士或許可以這樣做，但一般看重聲譽的文人卻不屑或者不敢這樣做。而故事要提升到情節的藝術層面，必須要有具備文化修養和文學功底的文人參與。

誠然，唐代以前也有一些文字記錄了口傳故事，但它們絕不是為娛樂而記錄。先秦諸子散文如《莊子》、《孟子》、《荀

09　魯迅：《中國小說的歷史的變遷》。

10　劉勰：《文心雕龍‧原道》。引自周振甫《文心雕龍注釋》，人民文學出版社 1981 年版，第 1 頁。

子》、《韓非子》等都或多或少採擷了口傳故事，這些故事只是被先秦思想家們用來闡明某些哲理。魏晉南北朝有志怪的《搜神記》之類的許多作品，這些作品的宗旨主要在宣揚神道，多為佛教、道教的輔教之書[11]；志人的《世說新語》之類的許多作品是當時為舉薦需要創作的作品，是人倫鑒識的產物，它們所記錄超邁常人的異操獨行，是供士人學習和仿效的，《世說新語》也就成為士人的枕邊書；雜史雜傳中有許多故事，但它們是史傳的支脈，是為補正史之不足而存在的，絕非供人娛樂消遣。

　　不可否認，唐前的志怪、志人和雜史雜傳都程度不同地含有文學的因素，從敘事傳統來說，它們孕育了小說，或者可以說是「古小說」、「前小說」。從唐前的「古小說」轉化為唐傳奇這個小說的最初形態，其驅動力量就是娛樂。文人遊戲筆墨，拿文字作為遊戲消遣工具，並且成為一種潮流，始於唐代。這並非偶然，唐代是一個開放的、思想多元的時代，儒家的文道觀不再是文壇的主宰力量。詩言志，文以載道，已不是不可違背的金科玉律。白居易的〈江南喜逢蕭九徹，因話長安舊遊，戲贈五十韻〉、白行簡的《天地陰陽交歡大樂賦》等，描寫豔情，其筆墨之放肆，並不下於張鷟的傳奇小說〈遊仙窟〉。就是以重振儒家道統文統為己任的韓愈，受世風薰染，也免不了涉足小說的撰作，因而遭到張籍的批評，引發了一場關於小

11　詳見湯用彤《漢魏兩晉南北朝佛教史》第十五章，中華書局 1983 年版。

說是否為「駁雜之說」的爭論。唐代文人用文學消遣已無甚顧忌，是小說誕生的精神條件。

事實上，唐傳奇大多就是士大夫貴族閒談的產物。韋絢說他的《嘉話錄敘》是劉禹錫客廳上閒聊的記錄，「卿相新語，異常夢話，若諧謔、卜祝、童謠、佳句，即席聽之，退而默記，或染翰竹簡，或簪筆書紳」，記錄之目的，「傳之好事以為談柄也」[12]。陳鴻談到他的〈長恨歌傳〉的寫作緣起時說：「元和元年冬十二月，太原白樂天自校書郎尉於盩厔，鴻與琅琊王質夫家於是邑。暇日相攜游仙遊寺，話及此事（指唐玄宗與楊貴妃事），相與感嘆。質夫舉酒於樂天前曰：『夫希代之事，非遇出世之才潤色之，則與時消沒，不聞於世。樂天深於詩，多於情者也，試為歌之，如何？』樂天因為〈長恨歌〉。意者不但感其事，亦欲懲尤物，窒亂階，垂於將來者也。歌既成，使鴻傳焉。」[13]〈長恨歌傳〉得之於遊宴，而〈任氏傳〉則聞之於旅途，「建中二年，既濟自左拾遺於金吾。將軍裴冀，京兆少尹孫成，戶部郎中崔需，右拾遺陸淳皆適居東南，自秦徂吳，水陸同道。時前拾遺朱放因旅遊而隨焉。浮穎涉淮，方舟沿流，晝宴夜話，各征其異說。眾君子聞任氏之事，共深嘆駭，因請

12　韋絢：《嘉話錄敘》。轉引自侯忠義編《中國文言小說參考資料》，北京大學出版社 1985 年版，第 254 頁。

13　陳鴻：〈長恨歌傳〉。引自汪辟疆校錄《唐人小說》，上海古籍出版社 1978 年版，第 141 頁。

既濟傳之，以志異云」[14]。李公佐的〈古岳瀆經〉也聞之於旅途，「貞元丁丑歲，隴西李公佐泛瀟湘、蒼梧。偶遇征南從事弘農楊衡，泊舟古岸，淹留佛寺，江空月浮，征異話奇」，楊衡講述無支祁的故事，幾年以後，李公佐訪太湖包山，於石穴間得古《岳瀆經》殘卷，所記無支祁事蹟與楊衡所述相符，由此寫成〈古岳瀆經〉。[15] 李公佐煞有介事，似乎確有水神無支祁，其實學者一看即知其為虛誇以娛目而已，明代宋濂指它是「造以玩世」[16]，胡應麟也稱之為「唐文士滑稽玩世之文」[17]。唐傳奇得之於閒談，這樣的例子不勝枚舉。

曾有一說認為唐傳奇可作行卷，有博取功名之用，傳奇小說由是而興，系根據宋代趙彥衛《雲麓漫鈔》卷八的一段話：「唐之舉人，先藉當世顯人以姓名達之主司，然後以所業投獻。逾數日又投，謂之溫卷。如《幽怪錄》、《傳奇》等皆是也。蓋此等文備眾體，可以見史才、詩筆、議論。」今人程千帆指出趙彥衛的話與現存的關於唐代納卷、行卷制度的文獻所提供的事實不合[18]，不足為據。倒是有證據證明，傳奇小說因其內容虛

14　沈既濟：〈任氏傳〉。引自汪辟疆校錄《唐人小說》，上海古籍出版社 1978 年版，第 58 頁。

15　李公佐：〈古岳瀆經〉。引自張友鶴選注《唐宋傳奇選》，人民文學出版社 1964 年版，第 55 頁。

16　宋濂：《宋學士全集》卷三十八〈刪〈古岳瀆經〉〉。

17　胡應麟：《少室山房筆叢》卷三十二〈四部正訛下〉，上海書店出版社 2001 年版，第 316 頁。

18　程千帆：《唐代進士行卷與文學》，上海古籍出版社 1980 年版。

妄，作為納卷呈獻禮部後反倒壞了科舉的前程。錢易《南部新書》甲卷：「李景讓典貢年，有李復言者，納省卷，有《纂異》一部十卷。榜出日：『事非經濟，動涉虛妄，其所納仰貢院驅使官卻還。』復言因此罷舉。」《纂異》即今傳《續玄怪錄》，李景讓知貢舉為唐文宗開成五年（西元八四〇年）。可見，納卷、行卷的內容應當有關「經濟」（經時濟世），是明道的文字，絕非遊戲筆墨如傳奇小說之類[19]。白話小說晚於文言小說，它是由口頭技藝「說話」轉變而成。「說話」是宋元勾欄瓦肆供娛樂的技藝，從口頭技藝轉變為書面文學的話本和平話，娛樂的宗旨一以貫之。

但是，單純娛樂的文字是行之不遠的，現存的早期話本如〈柳耆卿詩酒玩江樓記〉、〈西湖三塔記〉、〈洛陽三怪記〉、〈西山一窟鬼〉、〈孔淑芳雙魚扇墜傳〉等，故事之離奇，足以聳人聽聞，然而僅止於感官而已。馮夢龍就曾批評〈玩江樓〉、〈雙魚墜記〉之類為「鄙俚淺薄，齒牙弗馨焉」[20]。娛樂是小說的原生性功能，娛樂的動力如果失去審美和教化的導向，就會陷於低級惡謔的泥淖。唐傳奇雖然產生於徵奇話異的閒聊之中，但畢竟是在文人圈子裡講傳，灌注著文人的情志，多少蘊含有審美、道德、政治、哲理、宗教等意蘊。唐前志怪寫狐精的很

19　詳見傅璿琮《唐代科舉與文學》第十章「進士行卷與納卷」，陝西人民出版社 1986 年版。

20　綠天館主人（馮夢龍）：〈古今小說敘〉。

多，唐傳奇〈任氏傳〉也寫狐精，但它卻能化腐朽為神奇，在狐精任氏身上賦予了美好的人情。作者寫任氏對愛情的執著，為愛而甘冒生命的風險，是寄託著對現實庸俗習氣的批判的。李公佐寫〈謝小娥傳〉是要傳揚謝小娥這樣一位弱女子身上秉承的貞節俠義的美德，「君子曰：『誓志不捨，復父夫之仇，節也；傭保雜處，不知女人，貞也。女子之行，唯貞與節，能終始全之而已，如小娥，足以儆天下逆道亂常之心，足以觀天下貞夫孝婦之節。』餘備詳前事，發明隱文，暗與冥會，符於人心。知善不錄，非《春秋》之義也，故作傳以旌美之」。

白話小說植根於市井娛樂市場，初期的作品大多是「說話」節目的文字化故事而已。從一些僥倖留存下來的作品看，如《紅白蜘蛛》[21]（後被改寫為〈鄭節使立功神臂弓〉，收在《醒世恒言》）、〈攔路虎〉（收在《清平山堂話本》，改作〈楊溫攔路虎傳〉）等，都還是沒有情節的故事。關於故事與情節的區別，英國小說家兼理論家 E・M・福斯特（Edward Morgan Forster）說：「故事是敘述按時間順序安排的事情。情節也是敘述事情，不過重點是放在因果關係上。『國王死了，後來王后死了』，這是一個故事。『國王死了，後來王后由於悲傷也死了』，這是一段情節。時間順序保持不變，但是因果關係的意識

---

21 《紅白蜘蛛》僅存殘頁，詳見黃永年《記元刻〈新編紅白蜘蛛小說〉殘頁》，載《中華文史論叢》1982 年第 1 輯。

使時間順序意識顯得暗淡了。」[22] 凸顯因果關係，就是作者把故事提升為情節，而情節是蘊含著道德的、審美的、政治的評價的。白話小說從初期的單一娛樂進步到寓教於樂，經歷了漫長歲月，直到一批重視通俗文學的文人參與，才達到娛樂與教化統一的境界。

《三國志通俗演義》嘉靖本〈庸愚子序〉講到由三國故事提升為情節的過程時說：「前代嘗以野史作為評話，令瞽者演說，其間言辭鄙謬，又失之於野。士君子多厭之。」羅貫中考諸國史，留心損益，作《三國志通俗演義》，「文不甚深，言不甚俗，事紀其實，亦庶幾乎史，蓋欲讀誦者，人人得而知之，若《詩》所謂里巷歌謠之義也」。題名「演義」，就是宣示通過歷史故事演述世間的大道理。傳統社會輿論總是視小說為小道，鄙俗敗壞人心，主張嚴禁，清康熙間劉獻廷卻說，看小說、聽說書是人的天性，六經之教也原本人情，關鍵在於「因其勢而利導之」[23]，也就是寓教於小說，同樣可以擔負起治俗的使命。

娛樂是小說的原生性功能，教化是小說的第二種功能，是建立在娛樂之上的、比娛樂更高級的功能。教化不只是道德的，還包括審美的、智識的等多種元素。沒有教化的娛樂只是一種感官享受，算不上藝術；沒有娛樂功能的教化，那就只是

22　《小說美學經典三種》，上海文藝出版社 1990 年版，第 271 頁。

23　劉獻廷：《廣陽雜記》卷二，中華書局 1957 年版，第 107 頁。

教化，算不上文學。小說中的娛樂和教化是對立統一的，二者相容並蓄，方能達到成熟的藝術境界。

三、史家傳統與「說話」傳統

　　縱觀小說的歷史，不只是娛樂與教化的矛盾制約著小說的運動，同時還有別的矛盾，這其中就有史家傳統和「說話」傳統的矛盾。史家傳統體現在歷朝歷代的豐富的史傳文本中，同時又表現為由史家不斷積累經驗所形成的一種修史的觀念體系。「說話」傳統則是千百年民間徵奇話異、講說故事的文化習俗，這個傳承不斷的習俗也形成自己的一套觀念體系。史傳與「說話」同是敘事，「說話」發生得更早，史傳在文字出現後才逐漸形成。殷商記錄卜祭以及與之相關事情的甲骨文便是史傳的萌芽。在中國古代史官文化的價值觀念中，官修的正史甚至具有法典的權威。「說話」雖然根深蒂固，千百年來牢不可破，頑固地在草根間生長，並發展成文學敘事的小說，但在史傳面前總是自慚形穢，抬不起頭來。史家傳統，簡而言之就是「據事蹟實錄」，他們認為真理就寓居在事實中，王陽明說「以事言，謂之史；以道言，謂之經。事即道，道即事」[24]。《春秋》就被儒家列為「五經」之一。「說話」恰恰輕視事實，只

24　王陽明：《傳習錄集評》卷上，《王陽明全集》，上海古籍出版社 1992 年版，第10 頁。

要好聽，怎麼杜撰編造都可以。劉勰談到修史時說：「然俗皆愛奇，莫顧實理。傳聞而欲偉其事，錄遠而欲詳其跡。於是棄同即異，穿鑿傍說，舊史所無，我書則傳。此訛濫之本源，而述遠之巨也。」[25] 在史家眼裡，不顧事實的虛構是修史的巨蠹。

小說文體恰恰又是從史傳中孕育出來的，志怪、志人、雜史雜傳，都被傳統目錄學家看成是史傳的支流和附庸，事實上唐傳奇作品多以「傳」「記」題名，如〈任氏傳〉、〈柳氏傳〉、〈霍小玉傳〉、〈東城老父傳〉、〈長恨歌傳〉以及〈古鏡記〉、〈枕中記〉、〈三夢記〉、〈離魂記〉等，作家們是用史家敘事筆法來創作的。早期話本來源於「說話」，帶有濃重的說唱痕跡，與史傳敘事距離較遠，可一旦文人參與，史家傳統便滲透進來。

小說的本性是虛構，本與史傳不搭界，但史家傳統實在太強大了，小說不得不謙恭地說自己是「正史之餘」[26]，由是也不得不掩飾自己的虛構。小說開頭一定要交代故事發生的確切時間和地點，一定要交代人物的來歷，說明小說敘述的故事是千真萬確發生過的事情。

史家傳統對白話小說的牽制，突出地表現在歷史演義小說的創作過程中。宋元「說話」四大家數中有「講史」一家，專門講說前代書史文傳興廢爭戰之事，從現存的元刊《三國志平

25　劉勰：《文心雕龍‧史傳》。引自周振甫《文心雕龍注釋》，人民文學出版社 1981 年版，第 171—172 頁。

26　笑花主人：〈今古奇觀序〉。

話》來看，虛的多，實的少，情節中充滿了於史無稽的民間傳說，與歷史相去十萬八千里。但它是小說，不是史傳，市井草民喜聞樂見，故坊賈願意刊刻印行。但君子卻認為它言辭鄙謬，又失之於野，於是就有羅貫中據《通鑒綱目》等正史予以匡正，寫成《三國志通俗演義》。羅貫中稔熟三國歷史，又有深邃的識見和文學的功底，使得《三國志通俗演義》虛實莫辨，清代史學家章學誠仔細考辨，結論是「七分實事，三分虛構」。這是歷史演義小說最成功的範例。繼之而起的林林總總的「按鑒演義」，大都是抄錄史書，摻雜少許民間傳說作為調味作料，正如今人孫楷第所言，「小儒沾沾，則頗泥史實，自矜博雅，恥為市言。然所閱者至多不過朱子《綱目》，鉤稽史書，既無其學力；演義生發，又愧此槃才。其結果為非史抄，非小說，非文學，非考定」[27]。包括《三國志通俗演義》在內的歷史演義小說，本質是小說，不能動輒以史實來挑剔它，「按鑒演義」的編撰者正是受史家傳統的制約，才造成它如此曖昧的面孔。

小說家從史家傳統中掙扎出來很不容易，明代中期以來，就有不少小說作者和批評者進行抗爭，謝肇淛說小說「須是虛實相半，方為遊戲三昧之筆」，《說岳全傳》的作者金豐也主張小說「虛實相半」，「從來創說者不宜盡出於虛，而亦不必盡由於

27　孫楷第：《日本東京所見小說書目》卷三〈明清部二〉，人民文學出版社 1958 年版，第 38 頁。

實。苟事事皆虛則過於誕妄，而無以服考古之心；事事皆實則失於平庸，而無以動一時之聽」[28]。如果說「虛實相半」還是在史家傳統面前遮遮掩掩，猶抱琵琶半遮面，那麼清代乾隆年間為《綠野仙蹤》作序的陶家鶴就乾脆直白得多了，說《綠野仙蹤》與《水滸傳》、《金瓶梅》都是「謊到家之文字」。曹雪芹徑直稱自己的《紅樓夢》是「真事隱去」、「假語村言」，所敘述的故事無朝代可考，「滿紙荒唐言」而已。「史統散而小說興。」[29] 當小說完全克服了對史家傳統的敬畏和依附時，小說才得到創作的解放，才真正找回了自我。

四、雅與俗

雅和俗是一種文化現象。雅文化是社會上層文化，孔子《論語・述而》說：「《詩》、《書》執禮，皆雅言也。」雅言，既指文化內容，又指語言外殼。古代合於經義的叫雅，雅馴篤實的叫雅；語言和風格方面，含蓄穩重的叫雅，語言精緻，也就是有別於地方方言的士大夫的標準語，或可稱當時的國語叫雅。與雅相對，俗文化是屬於下層民眾的文化，其內容不盡符合《詩》、《書》禮教的規矩繩墨，語言和風格方面，詭譎輕佻的為俗，方言俚語為俗。雅和俗既對立，又統一在一個民族文

28　金豐：〈新鐫精忠演義說本岳王全傳序〉。

29　綠天館主人（馮夢龍）：〈古今小說敘〉。

化中。中華文化中雅俗文化沒有斷然的分界，雅既從俗中提煉出來，又承擔著正俗化俗的使命。

任何一個民族的文學形式都有雅俗的分野，中國文學中的傳統詩文屬於雅文學，小說、戲曲、民歌、彈詞寶卷屬於俗文學。文學的雅俗是相對而存在的，一種文學形式的內部也有雅俗之分。文言小說作為小說，相對傳統詩文是俗，這是由於它的駁雜荒誕；但在小說內部，它相對白話小說卻又是雅。小說內部的雅和俗的對立統一，是小說發展的又一個重要的因素。

唐代傳奇小說是士人寫給士人讀的文學，它產生和活躍在雅文化圈內。在儒家道統鬆弛的年代，它可以汪洋恣肆、百無禁忌，創造出一大批想像豐富、情感動人的作品。道統一旦得以重振，它就要受到「不雅」的指責。張籍批評韓愈的〈毛穎傳〉「駁雜無實」，而「駁雜無實」就是俗的代名詞。司馬遷《史記·五帝本紀》中說「百家言黃帝，其言不雅馴」，不雅馴即指荒誕無稽。張籍的批評代表了唐代中後期的主流思潮的觀點，這種觀點占了社會輿論的上風，唐傳奇就要衰退了。事實也是單篇的傳奇小說銳減，小說又復古到魏晉南北朝，尚質黜華，出現了像《酉陽雜俎》這樣的作品集，其中不少文章已失去傳奇小說的風味。傳奇小說蒙上不雅的俗名，士人便疏遠它，它便漸漸走出雅文化圈子，下移到「俚儒野老」的社會層級。明代胡應麟說：「小說，唐人以前，紀述多虛，而藻繪可觀。宋人

以後，論次多實，而彩豔殊乏。蓋唐以前出文人才士之手，而宋以後率俚儒野老之談故也。」[30]

胡應麟所謂的「小說」，包括一志怪、二傳奇、三雜錄、四叢談、五辨訂、六箴規，他這段文字所指「小說」，是「志怪」「傳奇」兩類記述事蹟文字，說宋以後小說作者大多出自「俚儒野老之談」，反映了歷史事實，但說宋人小說「多實」則不盡貼切。宋人志怪模仿晉宋，據傳聞實錄，文字趨於簡古是客觀存在，但宋人傳奇多以歷史故事為題，如〈綠珠傳〉、〈迷樓記〉之類，虛構多多，文字亦鋪張，只是藻繪確實遠遠不及唐傳奇。元以降，至明代中後期，出現了一大批如《嬌紅記》、《尋芳雅集》、《鍾情麗集》之類的作品，高儒《百川書志》卷六著錄它們的時候，特加評語說：「皆本〈鶯鶯傳〉而作，語帶煙花，氣含脂粉，鑿穴穿牆之期，越禮傷身之事，不為莊人所取，但備一體，為解睡之具耳。」[31]

「越禮」當然是不雅，「不為莊人所取」則是口頭上的，拿它做「解睡之具」透露著「莊人」之所真好。還是胡應麟說得直白：「大雅君子，心知其妄，而口競傳之，且斥其非而暮引用之，猶之淫聲麗色，惡之而弗能弗好也。夫好者彌多，傳者眾

30　胡應麟：《少室山房筆叢》卷二十九〈九流緒論下〉，上海書店出版社 2001 年版，第 283 頁。

31　高儒：《百川書志》，上海古籍出版社 2005 年版，第 90 頁。

傳者日眾，則作者日繁。夫何怪焉？」[32]

　　這類半文半白、篇幅已拉得很長的傳奇小說繼續走著俗化的道路，到清初它們乾脆放棄文言，使用白話，並且採取章回的形式，便成為才子佳人小說。若不是《聊齋志異》重振唐傳奇雄風，傳奇小說果真要壽終正寢了。

　　如果說傳奇小說是從雅到俗，那麼白話小說的運動路向恰好相反，是從俗到雅。白話小說從「說話」脫胎而來，長期處於稚拙俚俗的狀態，它們帶著濃厚的草根氣息，粗拙卻又鮮活，不論是「講史」如《三國志平話》，還是「小說」如《六十家小說》（現名《清平山堂話本》），都難以登上大雅之堂。

　　由俗到雅的變化的發生，與王陽明「心學」的崛起有著直接的關係。王陽明認為人人皆可成聖賢，他的布道講學是面向民眾的，要讓不多識字或根本不識字的草民懂得他的道理，就不能不用通俗的方式講說。他說：「你們拿一個聖人去與人講學，人見聖人來，都怕走了，如何講得行？須做得個愚夫愚婦，方可與人講學。」[33] 他雖沒有談到通俗小說，但講到戲曲就可以用來化民善俗，他說：「今要民俗反樸還淳，取今之戲子，將妖淫詞調俱去了，只取忠臣孝子故事，使愚俗百姓人人

32　胡應麟：《少室山房筆叢》卷二十九〈九流緒論下〉，上海書店出版社 2001 年版，第 282 頁。

33　《王陽明全集》，上海古籍出版社 1992 年版，第 116 頁。

易曉，無意中感激他良知起來，卻於風化有益。」[34]

從來的莊人雅士對於俗文學都是鄙夷不屑的，至少在口頭上如此。王陽明如此說而且如此做，目的當然是要把儒學從書本章句中推向民間的人倫日用，與佛、道爭奪廣大的信徒，但他利用通俗的形式來傳道，卻為文士參與小說創作開了綠燈。白話小說的作者在很長時間裡都是不見經傳的無名氏，從這時開始出現有姓名可考的大文人，如吳承恩、馮夢龍、凌濛初、李漁、吳敬梓、曹雪芹等。

文人的參與，使俗而又俗的白話小說有可能改變娛樂唯一的宗旨，從而具有了雅的品質。李漁認為俗可寓雅，「能於淺處見才，方是文章高手」[35]。煙水散人說：「論者猶謂俚談瑣語，文不雅馴，鑿空架奇，事無確據。嗚呼，則亦未知斯編實有針世砭俗之意矣。」[36] 小說既然可以肩負「針世砭俗」的使命，自然就不能用一個「俗」字罵倒它。羅浮居士〈蜃樓志序〉指出，小說雖有別於「大言」，但小說寫「家人父子日用飲食往來酬酢之細故」，卻可以「准乎天理國法人情以立言」，「說雖小乎，即謂之大言炎炎也可」。白話小說俗中有雅，是白話小說藝術成熟的重要標誌。

34　《王陽明全集》，上海古籍出版社 1992 年版，第 113 頁。

35　李漁：《閒情偶寄‧詞曲部》。引自《中國古典戲曲論著集成》（七），中國戲劇出版社 1959 年版，第 28 頁。

36　煙水散人：〈珍珠舶序〉。轉引自大連圖書館參考部編《明清小說序跋選》，春風文藝出版社 1983 年版，第 45 頁。

導論

　　雅俗共存的典範作品莫過於《聊齋志異》和《紅樓夢》。
馮鎮巒評《聊齋志異》說：「以傳記體敘小說之事，仿《史》、
《漢》遺法，一書兼二體，弊實有之，然非此精神不出，所以通
人之，俗人亦愛之，竟傳矣。」[37]

　　諸聯評《紅樓夢》說：「自古言情者，無過《西廂》。然《西
廂》只兩人事，組織歡愁，摛詞易工。若《石頭記》，則人甚
多，事甚雜，乃以家常之說話，抒各種之性情，俾雅俗共賞，
較《西廂》為更勝。」[38]《聊齋志異》和《紅樓夢》能夠成為
小說的經典之作，除了蒲松齡和曹雪芹的主觀因素和他們所處
的時代條件之外，雅與俗的碰撞與融合也是重要的一點。

37　張友鶴輯校：《聊齋志異》會校會注會評本，上海古籍出版社 1978 年新 1 版，第 15
　　頁。

38　一粟編：《紅樓夢卷》，中華書局 1963 年版，第 118 頁。

清初小說的繁榮

崇禎十七年，也就是順治元年（西元一六四四年），清朝取代明朝，開始了兩百六十八年的統治。清朝統治者為滿族貴族，滿族原為建州女真，女真在明代分為建州、海西和「野人」三大部，建州部族首領努爾哈赤經過四十多年的戰爭統一了女真各部，於萬曆四十四年（西元一六一六年）即「大金」汗位，建元「天命」，成為嚴重威脅明朝中央政府的少數民族地方割據政權。此時明朝政治腐敗已極，階級和社會矛盾日趨激化，起義此起彼伏，從陝西起事的李自成起義軍於崇禎十七年攻入北京，崇禎皇帝自縊煤山，結束了明朝兩百七十七年的統治。滿族八旗騎兵趁機進入山海關，聯合明朝降將，打著為明朝「雪君父之仇」的旗幟，以「滅流寇以安天下」為號召，將李自成逐出北京，建立了大清王朝。

入主中原的清朝統治者自知以少數民族統治漢族，欲維持其政權，不得不採取民族懷柔政策，至少不是像元朝那樣公開將民族分為高低貴賤幾等，而是要強調自己是中華民族之一員。如雍正帝在《大義覺迷錄》所言，「本朝之為滿洲，猶中國之有籍貫」，「三代以上之有苗、荊楚、獫狁，即今湖南、湖北、山西，在今日而目為夷狄可乎」？清軍進入北京，即隆重為崇禎皇帝、皇后治喪，招撫明朝貴冑臣屬。經

濟方面採取招撫流民、減輕捐稅、鼓勵墾荒等政策，文化方面則尊孔讀經，尊崇藏、蒙喇嘛教，從速恢復科舉取士。當時南方雖有明之宗室承祧明統，然幾個小朝廷深染明朝腐敗痼疾，抵擋不住清朝的軍事政治攻勢，相繼瓦解。康熙帝繼位後，勵精圖治，平定了「三藩」（平西王吳三桂、平南王尚可喜父子、靖南王耿精忠）之亂，康熙二十二年（西元一六八三年）收復臺灣，清朝成為大一統王朝。

　　順治元年（西元一六四四年）至康熙二十二年（西元一六八三年）是清朝建國初期，也是小說由明入清的過渡期。清初四十年，朝廷最關心的是統一全國用兵，文化大致上承明朝，對包括小說在內的文學干預不多，事實上對有些地區也無法干預。那時南方相繼殘存著南京的弘光朝廷、福建的隆武朝廷、西南的永曆朝廷，中間浙江還有一個魯王監國政權，廣州還有一個僅存四十多天的紹武政權，南方的這些地區仍以明朝為正朔，而南方恰是白話小說創作和刊行的主要地區。不過，南明這一短暫時期編刊的小說，儘管編刊者以明朝子民自命，但從大歷史的角度視之，應歸屬於清代。清初四十年的小說作者基本上是由明入清的士人，他們都程度不同地經受過戰亂之苦和亡國之痛，這種經驗感受都自覺或不自覺地、直接或曲折地反映在他們的作品中。這個時期的小說觀念較明代更為成熟，不再為史傳「實錄」原則所困擾，明確了藝術虛構乃是小說不同於史傳的獨特屬性。小說家創作也不再完全依傍舊有故事，開始把自己和自己的人生經驗編織成小說情節。這個時期的白話小說表現出前所未有的文人色彩，風格趨向個性化。具體地說，清初小說顯

示出三個特點：一是承襲明末小說干預時政的風氣，時事政治小說十分活躍；二是才子佳人小說和豔情小說盛行；三是文言小說遙繼唐代，產生了《聊齋志異》這樣的巔峰之作。

第一章

明清鼎革之時事政治小說

第一章　明清鼎革之時事政治小說

第一節　《剿闖小說》、《新世弘勳》、《鐵冠圖》

　　清朝定鼎之初，時事政治小說上承明代慣力，作品有增無減，「鼎革」是這類小說的中心主題。

　　對於甲申之變，小說反映最速者為《新編剿闖孤忠小說》，通稱《剿闖小說》，十回。作者真實姓名不詳。「毗陵學士」序本第六回署「潤州葫蘆道人避暑筆，龍城待清居士漫次評」，而興文館刊本則署「西吳懶道人口授」，「葫蘆道人」、「懶道人」或為同一人。「毗陵學士」〈序〉署時「甲申中秋前三日」，即順治元年八月十二日，崇禎自縊於此年三月十九日，書中敘及南明封吳三桂為薊國公，此封在七月初五，可知此書編撰之速。此書所敘，起自崇禎十七年三月李自成攻入北京，崇禎帝自縊，止於當年七月南明弘光朝進封吳三桂薊國公，前後五個月所發生的大事。書題「小說」，意在記錄一些史實，談不上故事情節。第三回詳記甲申殉難諸忠姓名，第四回記投降李自成大順政權的「偽官」名錄，書中大段抄錄當時塘報、檄文以及錢謙益等人有關書信詩文等。作者敵視李自成，雖然蔑稱清朝為「虜」，但認為依靠清兵報君父之仇，即便剃髮「從虜」，也在所不惜。此書一出，翻刻和傳抄甚多。今藏國家圖書館的順治二年（弘光元年）寫刻本，因當年三月左良玉回師南京「清君側」，編刊者將原書第八回「左良玉上疏議國事」一段刪去，以示對左良玉的不滿。

第一節　《剿闖小說》、《新世弘勳》、《鐵冠圖》

　　記錄甲申之變的稗史筆記甚多，錢士馨《甲申傳信錄·序》就列舉有《國變錄》、《甲申紀變》、《國難紀》、《聞見紀略》、《國難睹紀》、《變記確傳》、《燕都日記》、《陳生再生錄》、《孤臣紀》、《哭陳方策揭》等。《剿闖小說》多次提到《國變錄》，還提到錢士馨未及的《泣鼎傳》，上述多種不在《剿闖小說》作者的視野之中，作者當時在南方，不是事變的親歷者，只能依據《國變錄》之類的稗史筆記撰述，但作者態度還是謹慎的，第四回揭發「偽官」名單時，特加說明：「按《國變錄》，陷賊官員受偽職者，猶有七十餘人。要知諸臣豈甘心從賊而孳孳以功名為榮哉？或者從容斡旋之念，俟有所為而未逮也。詎意既陷賊網，官者官之，禁者禁之，俱無可奈何而聽其所為矣，此不可與迎降佐逆者同論也。況《國變錄》亦非紀注信史，安知其不訛以傳訛哉。今但以實受偽職，反戈相向者，注明數人，其餘一概不書，恐不便其自新。」儘管作者強調此「偽官」名單來自野史，尚待核實，又將被迫受偽職者與「迎降佐逆者」加以區別，但「偽官」名單一出，其家族眷屬在江南者，即遭打砸搶，第七回敘當時應天巡撫祁彪佳上疏弘光朝廷，要求即時核實，以杜絕匪人藉以搶掠作亂。

　　《剿闖小說》堅持實錄原則，即便仇視李自成，有明顯醜化描寫，但也寫了李岩勸諭李自成尊賢禮士、禁暴恤民之類的情節。如果將此書與成書在咸豐年間太平天國方興未艾之時的《小

第一章　明清鼎革之時事政治小說

腆紀年附考》對讀，二者紀事詳略有別，而事實大致相符。《剿闖小說》也記錄了甲申之變中一些民間遭亂的悲慘故事。

作為時事政治小說的《剿闖小說》，除了新聞性，還有時評性，其中對明朝覆亡的評論尤引人注目。第一回開頭就議論說，自天啟太監專權之後，元氣大傷，崇禎帝稔知逆璫之惡，除掉魏忠賢，卻改變不了積重難返的腐敗政局。貪官汙吏布滿天下，稅賦重壓下民不聊生，「奴虜未息，流賊後起」，以致局面不可收拾。甲申中，文武大臣殉難者寡，變節投降者多，作者在第七回中藉吳三桂與謀士喻志奇的對話分析其成因，認為一是八股制科取士，登科者都是富翁公子，孤寒志士能人不能寸進；二是朋黨之爭，官宦士人唯知爭立門戶，不知內憂外患，有事之時只圖僥倖苟免，何曾愛國忠君；三是明成祖「靖難」殺戮太重，大傷士人元氣，「是以後來臣子皆知保富貴而不知尚廉恥」。這些評論，大抵可以代表當時江南士人的一般認識。

弘光朝瓦解之後，有署名「蓬蒿子」者將《剿闖小說》改編成《新世弘勳》（又名《定鼎奇聞》、《順治過江全傳》、《新史奇觀》）二十二回，今存順治八年（西元一六五一年）慶雲樓刊本。此書情節基本因襲《剿闖小說》，文字上也留有因襲痕跡，如第十三回所錄〈諸女出宮詩〉、〈美女嘆〉等詩，完全抄自《剿闖小說》第六回。此書作於弘光朝傾覆之後，改編者已奉大清為正朔，因此對《剿闖小說》中鄙視、敵視清朝的稱呼和

第一節 《剿闖小說》、《新世弘勳》、《鐵冠圖》

描寫作了徹底清洗。原書「東虜」、「奴酋」俱改作「大清」；此前清兵犯畿之事，均莫名其妙轉嫁到「交趾國」、「洞蠻」頭上；原書第一回記崇禎十五年十一月清兵分道入關，直抵山東大肆搶掠之事，悉皆刪去；原書諛頌弘光朝的文字，也全部刪除。原書揭露和抨擊投降李自成的如張縉彥、龔鼎孳等人的文字，也都刪除，原因是他們又成了清朝的高官，不敢不敬。《新世弘勳》刪除和改寫了原書的一些內容，同時又增加了一些情節，比較突出的是第十回「崇禎皇洩露玄機」，講崇禎皇帝打開大內密室的木櫃，見到櫃內所藏的明初所繪的三軸圖畫，三幅圖表現了明朝敗亡的宿命。這是一個民間傳說，亦見於《綏寇紀略補遺》、《烈皇小識》、《三朝野紀》等書，作者以此解釋明朝覆亡的原因，較之《剿闖小說》的評論，在觀念上是一大倒退。

《新世弘勳》的編撰者面對氣勢洶洶的新朝，不敢再持南明子民的立場，作為紀實性的小說，已經喪失了紀實的膽量。有些改寫，完全違背歷史事實，如對李自成的描寫，《剿闖小說》未說他貪酒好色，《明史》記他「不好酒色，脫粟粗糲，與其下共甘苦」[01]，而本書第十六回寫李自成建春宮，服春藥，淫樂無度，將李自成妖魔化為下世的妖星。同時為了歌頌定鼎的清朝，開頭添加「閻羅王冥司勘獄，玉清帝金闕臨朝」一回，末尾綴以「大清主登庸治世，張真人建醮酬天」一回與之呼應，

---

01 《明史》第二十六冊，卷三〇九，中華書局 1974 年版，第 7960 頁。

第一章　明清鼎革之時事政治小說

宣揚明清鼎革完全是天命，清朝的統治自然具有合法性。

《新世弘勳》文學色彩濃於《剿闖小說》，但作者所持立場完全不同，寫實性遠低於《剿闖小說》。儘管它頌揚清朝統治萬萬年，但書中記敘鼎革之事，不少還是觸及了清朝的忌諱，刊行數十年後仍與《剿闖小說》一樣遭到朝廷禁毀。

以明清鼎革為題材的還有《鐵冠圖》五十回，編撰者「松滋山人」真實姓名不詳。此書第五十回寫清朝「聖主」賜封吳三桂平西王，開府雲南，且對吳三桂讚美有加。據此可知此書之成當在吳三桂康熙十二年（西元一六七三年）十二月發動叛亂之前。作者極有可能讀過《剿闖小說》和《新世弘勳》，他寫吳三桂向清軍求援入關的情節，吳三桂與清主的對話，如出一轍。但《鐵冠圖》又大不同於前兩書，它以李自成的成敗為全書線索，已不似前兩書的大事編年結構，虛構較多，距離史實已很遙遠。

所謂「鐵冠圖」，即明初鐵冠道人獻給明太祖朱元璋的三幅圖，暗寓明朝的興亡，朱元璋密藏宮中，命「子孫無故不得擅開」。《新世弘勳》描寫崇禎帝所見之圖，第一幅為「文武百官，俱手執朝冠，披髮亂走」，寓指官多亂法；第二幅為「許多兵將倒戈棄甲，官民攜男帶女，奔逃之狀」，寓指軍民皆叛；第三幅為某人「宛似聖容，身穿白背搭，左足跣，右足有朱履，披髮中懸」，寓指崇禎自縊。本書第四十八回「泄天機鐵冠圖開」

第一節 《剿闖小說》、《新世弘勳》、《鐵冠圖》

寫啟封見畫者不是崇禎帝，而是李自成，畫的內容也不同，第一幅畫天兵天將拿住十八個孩兒，寓指剿滅李自成，十八子即「李」；第二幅畫崇禎自縊；第三幅只寫了「天下萬萬年」五個字，寓指清朝江山永固。這等描繪，與當時各種野史所記不合，其阿諛清朝之意十分露骨。

此書對李自成、李岩等起義軍領袖人物極盡醜化之能事，說李自成為求發達，不惜毒殺父母葬於「龍穴」；李岩欲淫占自稱「公主」的費氏，反被費氏刺死。《剿闖小說》第三回曾言及費氏，她自稱公主刺死了李自成手下的將軍羅某，《小腆紀年附考》卷四亦有費氏之記載。《鐵冠圖》將被刺的羅姓將軍換成李岩，著意把李岩描寫成貪色好淫的強盜。李岩在起義軍中地位舉足輕重，《剿闖小說》多有描寫，而此書則一筆抹黑。起義軍的另一位重要人物宋獻策被寫成一個奸險猥瑣的術士，先是慫恿李自成造反，一見大勢已去，便席捲珠寶逃之夭夭。《鐵冠圖》對於投降李自成的貳臣，不再提及，而只記在京殉難的官員名單。道理很簡單，那些偽官很多又做了清朝貳臣，作者不敢冒犯。

由此可見，《鐵冠圖》寫明清鼎革，由於編撰者略無史家秉筆實錄的品格，一味討好當權者，已喪失時事政治小說的寫實性，不過是藉當時尚有熱度的話題編造故事供消遣而已。

第一章　明清鼎革之時事政治小說

第二節　《海角遺編》與《樵史通俗演義》

《海角遺編》又名《七峰遺編》，今存抄本二卷六十回，作者「七峰樵道人」，真實姓名不詳。卷首作者自序署時「順治戊子」（順治五年，西元一六四八年），知成書在此年。〈自序〉曰：「此編止記常熟、福山自四月至九月半載實事，皆據見聞最著者敷衍成回，其餘鄰縣並各鄉鎮異變頗多，然止得之傳聞者，僅僅記述，不敢多贅。後之考國史者，不過曰：『某月破常熟，某月定福山。其間人事反覆，禍亂相尋，豈能悉數而論列之哉！』故雖事無關國計，或不係重輕者，皆具載之，以彷彿於野史稗官之遺意云耳。」[02]

順治二年（西元一六四五年）清軍南下，五月十五日（陽曆六月八日）攻占南京，弘光小朝廷土崩瓦解。此書如〈自序〉所言，專記清兵南下常熟福山之役，詳敘當地百姓在改朝換代戰亂中的悲慘情形。

全書六十回，每回篇幅極短，大多數只有數百字。每回首碼有詩詞，若白話小說入話詩，正文敘事卻非章回小說風格，實為文言筆記小說的白話敘述。

全書按時敘事，從順治二年（西元一六四五年）四月二十五日清軍克揚州，五月初八渡江，十四日禮部尚書錢謙益在南京迎降寫起，重點記載當年閏六月常熟民眾抗拒剃髮令、

---

02 《海角遺編》卷首。轉引自《古本小說集成》影印本，上海古籍出版社 1990 年版。

第二節　《海角遺編》與《樵史通俗演義》

打死清朝委派赴任的陳主簿，公推鄉宦嚴子張（栻）為領袖，發動武裝抗清之始末。常熟民眾在嚴子張領導下厲兵秣馬備戰之時，來了一個明朝宗藩義陽王，此王揚言中興，實則搜括民財供以享樂，他拘捕嚴子張，非刑拷打，勒逼交出全縣錢糧。嚴子張雖幸逃脫，但起義軍民元氣大損，加之隊伍魚龍混雜，難以同仇亂愾，清軍一來就土崩瓦解。接著就是清兵屠城，其慘烈之情形令人觸目驚心。

　　第三十三回記：「其在城中走不出者，無問老少貴賤男女，一個個都做刀頭之鬼，但凡街上、巷里、河內、井中與人家屋裡，處處都是屍首，算來有五六千人。」第三十二回記：「相府錢牧齋，家半野塘絳雲樓也，書生鵝氣，不約而同，讀書人見識，俱道牧齋降過清朝，身將拜相，家中必然無兵到的。孰知屠城之令既下，豈在乎一個降官家裡。第三日人傳說，唯有絳雲樓上殺的人多，且大半是戴巾，平日做秀才，讀書人面孔。蓋到此際，以使乖而誤者也。」在清軍和抗清地方武裝拉鋸戰地區，百姓更陷於莫名的災殃。第五十七回云：「常熟、福山相去三十六里，近縣為四十五都，百姓此時俱係已剃髮的。近福山為二十二都，海上兵（抗清部隊）現住紮營，百姓俱係未剃髮的。二十四都居中途，剃髮者與未剃髮者雜處，大約各居其半。清兵見未剃髮者便殺，取頭去作海賊首級請功，名曰『捉剃頭』。海上兵見已剃髮者便殺，拿頭去做韃子首級請功，號

第一章　明清鼎革之時事政治小說

曰『看光頭』。途中相遇，必大家回頭，看頸之光與不光也。」百姓真如朝梁暮晉，性命如同草菅矣。

《海角遺編》所記，與當時人所撰之《江陰城守記》、《江南見聞錄》、《虞鄉志略》等筆記之所載，恰相印合。在紀實上，與《剿闖小說》相垺。《剿闖小說》關注名節，而《海角遺編》體恤民生，對芸芸眾生的小民在動亂中的生死苦難表現了深切的同情。

順治八年（西元一六五一年）或稍後，有《樵史通俗演義》四十回問世。編輯者署「江左樵子」，批點者署「錢江拗生」，編者評點者或為一人，亦不可知。此書記述了明末天啟、崇禎以及弘光三朝二十五年的歷史，順康間寫刻本內封有作者識語曰：「深山樵子見大海漁人而傲之曰：見聞吾較廣，筆墨吾較贍也。明衰於逆瑺之亂，壞於流寇之亂，兩亂而國祚。隨之當有操董狐之筆，成左、孔之書者。然真則存之，贗則刪之，匯所傳書，采而成帙。樵者言樵，聊附於史。古云：野史補正史之闕，則樵子事哉。」[03]

誠如「識語」所言，此書意在紀實，以補正史之闕。書中評語多次提到《剿闖小說》和《新世弘勳》，又採擷了當時詔書、奏章、檄文、函牘等文獻，作為小說，其情節不夠完整細密，但其史料價值則不可忽視。其後的《明季北略》、《平寇

---

03 《樵史通俗演義》。轉引自《古本小說集成》影印本，上海古籍出版社 1990 年版。

第二節　《海角遺編》與《樵史通俗演義》

志》、《小腆紀年》等書多有引征者。

作者「江左樵子」，有論者以為是作《樵史》的陸應暘。陸應暘，字伯生，松江府青浦縣人，其所著《樵史》今存三味樓刊本（《四庫禁毀書叢刊》影印），記天啟以前史事，筆記體而非章回小說體，與《樵史通俗演義》不是一書。「江左樵子」的真實姓名待考。

《樵史通俗演義》第一至第二十回，寫「明衰於逆璫之亂」，敘魏忠賢、客氏、崔呈秀等閹黨把持朝政，陷害東林黨人氏，致使社稷傾危，此間重要歷史文獻，如倪元璐要求廢除《三朝要典》，為東林黨昭雪的奏疏，均照錄下來。第二十一至第三十回寫明朝「壞於流寇之亂」，演述了李自成起義興衰過程，朝政衰敗，簡直不堪一擊，由是李自成能攻占京城，而李自成之敗亦由勝利沖昏頭腦，享樂腐化，舉措失當。前三十回中穿插有遼東戰事，為後面清軍入關埋下伏筆。第三十一至第四十回寫南明弘光小朝廷的興亡，敘閹黨餘孽馬士英、阮大鋮本性不改，迫害復社，為一己之私利而置國家安危於不顧，清軍南下，摧枯拉朽，弘光朝瞬息垮臺。作者寫作此書，如孟森〈重印樵史通俗演義序〉所說，「無得罪新朝之意，於客、魏、馬、阮則抱膚受之痛者也」。

《樵史通俗演義》寫在明朝覆亡七八年之後，已沒有多少新聞性，但作者抱存真去贗的史家態度，紀實性較強，對歷史興

亡的反思，亦有較強的政論性。此書之寫法與《剿闖小說》大致相似，而文筆又略勝一籌。

作者沒有反清動機，在記敘難以迴避的與清有關的歷史事實時，如天啟、崇禎之遼東戰事，盡量小心使用曲筆，以免得罪清朝。但這段歷史，清朝統治者忌諱頗多，觸犯之處在所難免。乾隆四十六年（西元一七八一年）二月，兩江總督薩載奏繳三十七種書籍中，《樵史通俗演義》赫然在目，謂「此書不載著書人姓名。紀天啟崇禎事實，中有違礙之處，應請銷毀」[04]。同年十一月，湖南巡撫劉墉奏繳書目中也有此書，說它「雖係小說殘書，於吳逆不乘名本朝，多應冒犯。應銷毀」[05]。

第三節　《甲申痛史》等已佚作品

明清易代，在當時人看來是天翻地覆的大變化，用小說的形式記敘這場驚心動魄的歷史的，當不止上述諸書。愛新覺羅氏取代朱明王朝，不只是社稷更迭那麼簡單，其中也包含著民族關係複雜而敏感的問題。清朝統治者對漢人一方面懷柔，一方面高壓，實行前所未有的文化專制政策。時事政治小說既寫時政，就會不可避免地觸及當權者的忌諱，隨著「文字獄」的推進，許多作品就失去了生存的空間。當然，有些作品是應時的急就章，缺乏文采，時過境遷，鼎革的傷痛平復了，這等作

04　雷夢辰：《清代各省禁書匯考》，北京圖書館出版社 1989 年版，第 65 頁。

05　雷夢辰：《清代各省禁書匯考》，北京圖書館出版社 1989 年版，第 39 頁。

品也就失去吸引力，退出歷史記憶也是正常的。

　　《甲申痛史》回數與作者均不詳。據黃人《小說小話》著錄，此書「以懷宗（清朝最初所定之崇禎帝廟號）為成祖後身，流寇則靖難諸臣轉世報仇者。其荒邈無稽，與《續水滸》之宋江為楊么，盧俊義為王摩，及《三分夢》之韓、彭、英布轉世為昭烈、操、權者，如出一轍。此固小說家之陋習，而亦可見我國民因果報應之說，中於心者深也。（成祖轉生為懷宗之說，《霜猿集》等亦載之，而以流寇為胡、藍案中人，則《西堂樂府》亦有此類怪談，彼稗官家固無足責也）」[06]。用因果報應解釋朝代更迭，由來甚久，此說亦見李清《三垣筆記·附識補遺》[07]，雍正年間小說《姑妄言》甚至引以為全書情節框架，不同的是成祖轉世為李自成，讓他親手毀了朱家天下，自己則被鄉人撻死如泥，如受醢一般，得到應有報應。《甲申痛史》，顧名思義，當寫明清鼎革，但黃人《小說小話》未記其故事情節，原書惜已不見，不知與《剿闖小說》等有何異同。

　　《陸沈紀事》，黃人《小說小話》記此書所敘，「自薩爾滸之戰至睿忠親王入關止。其事蹟皆魏源《開國龍興紀》所不及知者。雖多道路流傳語，而作者見聞較近，且無忌諱，亦不能盡指為齊東語也。書中於遼東李氏、佟氏逸事，特多鋪張；而九蓮菩薩會文殊一回，稽之禮親王《嘯亭雜錄》，亦非全出傅

06　轉引自孔另境《中國小說史料》，上海古籍出版社 1982 年版，第 284 頁。

07　李清：《三垣筆記》，中華書局 1982 年版，第 245 頁。

第一章　明清鼎革之時事政治小說

會也」[08]。黃人未示該書回數及作者。薩爾滸戰役發生在明萬曆四十七年（西元一六一九年），努爾哈赤大敗明軍，睿忠親王（多爾袞）入關在崇禎十七年，即順治元年（西元一六四四年），這二十年清朝壯大發展，奠定了入主中原的政治軍事基礎。所謂「遼東李氏」，即萬曆四十六年（西元一六一八年）在撫順投降努爾哈赤的明軍將領李永芳，努爾哈赤將第七子貝勒阿巴泰之女許配他為妻，授副總兵之職，統轄明軍降眾。「太祖伐明取邊城，自撫順始；明邊將降太祖，亦自永芳始。」[09]

佟氏，當為佟養性，遼東人，努爾哈赤以宗室女妻之，號「施吾理額駙」，任命為「昂邦章京」，總理漢人軍民諸政，監造紅夷大炮，為清軍裝備火器，崇禎四年（西元一六三一年）皇太極在大凌河戰役中，佟養性的炮兵功勳卓著，明軍大敗，祖大壽降清[10]。李氏、佟氏在清朝定鼎中發揮了重要作用，對於這兩位漢人，《陸沈紀事》如何鋪張描寫，因原書不見，實難猜度。

《鯨鯢錄》亦見黃人《小說小話》，其著錄曰：「此書搜羅頗廣，自魯監國，越中水師及閩之鄭氏，太湖之吳易、黃蜚等義兵，而群盜如赤腳張三等亦附列焉。唯滿家峒伏莽，地占平原，而謂有隧道可通萊州入海，則真齊東之語矣。《投筆集》

08　轉引自孔另境《中國小說史料》，上海古籍出版社 1982 年版，第 284 頁。

09　《清史稿》第三十一冊，卷二三一，中華書局 1977 年版，第 9327 頁。

10　詳見《清史稿》第三十一冊，卷二三一，中華書局 1977 年版，第 9323—9325 頁。

中有所謂阮姑娘者，當即此書中阮進之妹，飛龍、飛蛟，不知誰屬。」[11] 可知此書記敘弘光朝瓦解後，明監國魯王、明唐王以及鄭成功在浙江、福建抗清的事蹟。阮進之妹阮姑娘，錢謙益《投筆集》有〈小舟惜別〉詩，「娘子繡旗營壘倒」一句自注云：「張定西謂阮姑娘，吾當派汝捉刀侍柳夫人。阮喜而受命。舟山之役，中流矢而殞。惜哉！」張定西即明魯定西侯張名振，曾於順治十年（西元一六五三年）末、十一年（西元一六五四年）春率軍攻克崇明，溯長江而上，入京口，上鎮江，後又率軍入山東登州、萊州諸地，順治十二年（西元一六五五年）鄭成功拜他為元帥，不幸於當年冬病故。張名振派阮姑娘做柳夫人（柳如是）侍衛一事，陳寅恪《柳如是別傳》有詳考[12]。黃人謂地占平原的滿家峒有地道通萊州入海為齊東之語，則可知此書情節也雜以虛構。《鯨鯢錄》成書大約在順治十二年之後。

　　《江陰城守記》，黃人《小說小話》記云：「即《荊駝逸史》中之一種，而易為通俗小說。書中四王八將，皆有姓氏，而稽之別種記載，幾若亡是公。且國初王之陣亡者，僅有尼堪與孔有德，事在滇、粵，不在江陰也。大約所謂王者，係軍中綽號，如流寇中混世王、小秦王之類耳，非封爵也。又當鼎革時，草澤之投誠者，每要求高爵，或權宜假借，以戢反側，雖

11　轉引自孔另境《中國小說史料》，上海古籍出版社 1982 年版，第 286 頁。
12　陳寅恪：《柳如是別傳》，上海古籍出版社 1980 年版，第 1040—1042 頁。

未經奏請，而相呼以自貴，亦未可知。蘇郡之變，有所謂八大王者，亦其倫也。」[13]

順治二年（西元一六四五年）閏六月，閻應元、陳明遇在江陰舉兵抗清，至八月被清軍剿滅，攻守八十一日，戰鬥十分慘烈，城陷竟無一人降者。徐鼒《小腆紀年附考》卷十一考曰：「黃晞、邵子湘諸人記江陰守事云：『王師二十萬，死城下者六萬七千名，王騎將不與焉。至今邑人相傳，有三王八將皆死城下之語。考是時南征貝勒，一為勒克托渾，一為博托，一為貝子屯齊，後皆立功閩、楚，北剿大同，進封順承郡王、端重親王，其餘劉良佐、李成棟以下，無一死於江陰城下之人。若果沒王事，如定南王、敬謹親王之死楚、粵，則賞延奕世，載在史傳，何得佚其姓氏！文士鋪張，快其筆舌，盡信武成之策，遂成演義之誣，今並削之。」[14]《江陰城守記》或采黃晞、邵子湘諸人之說，亦未可知。

13　轉引自孔另境《中國小說史料》，上海古籍出版社 1982 年版，第 285 頁。

14　徐鼒：《小腆紀年附考》下冊，中華書局 1957 年版，第 423 頁。

第二章

寄寓黍離之悲與感時憤世之作

第二章　寄寓黍離之悲與感時憤世之作

時事政治小說記敘剛剛發生或者正在進行中的軍國大事，形式為通俗小說，其實是邸報、塘報等古代新聞媒體和時事評論的結合體。它訴諸的不是美感，而是人們對資訊的渴求與對政治倫理的評判。它只是小說的支流，小說主流仍是以虛構為主，用形象感人的世情小說、神魔小說等。親歷明清鼎革的一些小說家，有些並不直接描寫時事，而是假借歷史傳說或虛擬故事以抒發對改朝換代的不平、憤懣和悲愴之情。

第一節　遺民小說《水滸後傳》與另一部《水滸》續書

遺民，係指改朝換代之後忠於先朝而恥於接受新朝功名官職之人。這種人又分為兩類，一類是曾仕於先朝者，一類未仕於先朝，即未受先朝之祿者。二者出處雖不同，而志節完全一致。所謂「遺民小說」，作者定為遺民，作品也一定表現出遺民的立場和情緒。清初遺民詩文頗富，而小說，今所見者僅《水滸後傳》一種而已。

《水滸後傳》四十回，署「古宋遺民著、雁宕山樵評」。康熙三年（西元一六六四年）刊本內封題「元人遺本」，有識語曰：「宋遺民不知何許人，大約與施、羅同時，特姓名弗傳，故其書亦湮沒不彰耳。」此乃假託之詞。康熙年間劉廷璣即指為

第一節　遺民小說《水滸後傳》與另一部《水滸》續書

「近來詞客稗官家」所作[01]。沈登瀛《南潯備志》則點明作者：
「陳雁宕忱，前明遺老，生平著述並佚，唯《後水滸》一書乃遊
戲之作，托宋遺民刊行。」[02]

陳忱（西元一六一五年至？），字遐心，號雁宕山樵，浙江
烏程（今湖州）人，壯年遭逢明清鼎革，絕意仕進，遁跡林泉。
曾參加遺民文人「驚隱詩社（又名「逃之盟」）活動。」、「驚隱
詩社」創社於順治七年（西元一六五〇年），主盟者為吳炎（赤
溟）、葉桓奏等人。沈彤《震澤縣誌》云：「跡其始起，蓋在順
治庚寅（七年），諸君以故國遺民，絕意仕進，相與遁跡林泉，
優遊文酒，角巾方袍，時往來於五湖三泖之間，其後史案（按
指莊廷鑨《明史》案）株連，同社有罹法者，社集遂輟。」又
楊鳳苞《秋室集·書南山草堂遺集後》所載，入社詩人有陳雁
宕（忱）以及顧炎武、歸莊等名流。社中吳炎、潘力田（檉章）
因列名《明史》「參閱」，俱被凌遲處死。[03]

《明史》案發生在康熙二年（西元一六六三年），「驚隱詩
社」隨即解散。陳忱遺民生活十分艱困，賣卜自給，窮餓以
終。所著《雁宕雜著》、《雁宕詩集》已佚，僅存小說《水滸後
傳》及散見於《吳興詩存》、《潯溪詩征》中的詩歌一百餘首。
《明詩紀事》評其詩曰：「苦吟類郊、島，大節似柴桑。其中

01　劉廷璣：《在園雜誌》卷三，中華書局 2005 年版，第 124 頁。
02　轉引自俞樾《茶香室叢鈔》（二），中華書局 1995 年版，第 735 頁。
03　詳見謝國楨《明清之際黨社運動考》，上海書店出版社 2004 年版，第 142—145 頁。

第二章　寄寓黍離之悲與感時憤世之作

《九歌》激烈悲壯，聲出金石。」[04]〈水滸後傳序〉描述作者「古宋遺民」說：「必其垂老奇窮，顛連痼疾，孤煢絕後，而短褐不完，藜藿不繼，屢憎於人，思沉湘蹈海而死；必非紆青拖紫、策堅乘肥、左娥右綠、阿堵堆塞、飽饜酒肉之徒，能措一辭也！」可視為作者自畫像。

《水滸後傳》故事接續在《水滸傳》之後，敘梁山倖存三十二人散居四方，隱於鄉里，但奸臣當道，惡霸橫行，李俊等被迫在太湖再度起義，阮小七、李應等分別在山東登州、河北飲馬川起義，他們懲辦貪官、鋤除惡霸，又殊死抵抗金兵，輔佐宋高宗趙構建立南宋王朝。最後這些英雄揚帆出海，在李俊的統率下建立了自己的海上王國。

《水滸後傳》的情節框架有模擬《水滸傳》的痕跡，李俊三十二人流落四方，他們各自遭遇高俅、蔡京及地方貪官汙吏的迫害，被逼重出江湖拉起山頭，然後各路人馬聚義暹羅國之金鼇島。幾乎是《水滸傳》逼上梁山的重演。全書敘述多，描寫少。第二十四回寫燕青、楊林混入金兵大營，觀見被囚禁的宋徽宗，這應該是十分艱難和驚險的行動，小說寫道：「燕青神色自若，向著守營門的官丁打了一回話。那番官叫小校執枝令箭，引他兩個進去。轉過幾個大營盤，中央一座帳房內有二三百雄兵把守，擺列明晃晃刀槍。只見太上教主道君皇

04　陳田：《明詩紀事》，上海古籍出版社 1993 年版，第 3121 頁。

第一節　遺民小說《水滸後傳》與另一部《水滸》續書

帝……」燕青固然扮作通事模樣，也不是輕易能得到番官信任的，向守營門的官丁打了一回話，究竟是什麼話，卻沒有具體呈現；囚禁宋徽宗的帳房有二三百雄兵把守，燕青、楊林又如何通過崗哨門禁的，況且楊林還捧著一個封固的盒盤，門崗居然一句盤問也沒有。由於缺乏真實的細節描寫，營造不出應有的緊張氣氛。

續書自有續書的難處，陳忱自言：「《後傳》有難於《前傳》處：《前傳》鏤空畫影，增減自如，《後傳》按譜填詞，高下不得；《前傳》寫第一流人物，分外出色，《後傳》為中材以下，苦心表微。」[05]《水滸後傳》人物情節接續《水滸傳》，不像另一部續書《後水滸傳》，寫宋江轉世為楊么，完全拋開《水滸傳》另起爐灶，它必須「按譜填詞」，不能違背《水滸傳》原有人物性格，描寫起來自然有相當難度。說《水滸後傳》的主角李俊、燕青、阮小七等，在《水滸傳》中是中材以下角色，續寫起來不如第一流人物那樣出色，乃是無可奈何的事情，則有強辯之嫌。事實上，由於《水滸傳》對李俊這些「中材」以下人物著墨不多，陳忱就有更大的創作發揮的空間。《水滸後傳》對人物的刻畫，較《水滸傳》遜色得太多了。

陳忱創作《水滸後傳》的宗旨，小說卷末詩：「儒者空談禮樂深，宋朝氣運屬純陰。不因奸佞汙清史，那得雄姿起綠林？

05　陳忱：《水滸後傳論略》，見《古本小說集成》之《水滸後傳》影印本，上海古籍出版社 1990 年版。

第二章　寄寓黍離之悲與感時憤世之作

報國一身都是膽，交情千載只論心。無端又續英雄譜，醉墨淋
漓不自禁。」說得很清楚，他認為忠義不在君側，而在江湖草
澤，把反清復明的希望寄託在李俊、燕青等綠林英雄身上。《水
滸後傳》以北宋覆亡為背景，表現的是明朝傾覆的現實。順治
二年（西元一六四五年）清軍渡江，弘光朝廷的禮部尚書錢謙
益、大學士王鐸、忻城伯趙之龍等勳戚文武跪迎清軍，而一乞
丐馮小瑞者題詩百川橋，投秦淮河自沉，其詩云：「三百年來養
士朝，如何文武盡皆逃。綱常留在卑田院，乞丐羞存命一條。」[06]
小說描寫燕青混入金營面見成為階下囚的宋徽宗，宋徽宗嘆息
道：「朝內文武官僚世受國恩，拖金曳紫；一朝變起，盡皆保惜
性命，眷戀妻子，誰肯來這裡省視！不料卿這般忠義！可見天
下賢才傑士原不在近臣勳戚中！朕失於簡用，以致於此。」這
番慨嘆，可與崇禎帝上吊前寫於衣襟上的遺詔對看，那遺詔說：
「朕涼德藐躬，上干天咎，然皆諸臣誤朕。」[07] 宋徽宗的慨嘆與
崇禎帝的遺詔何其相似！小說寫李俊等人到海外立國，也不是
想入非非，當時鄭成功退據臺灣，正是遺民們反清復明的希望
所在。清廷收復臺灣在康熙二十二年（西元一六八三年），陳忱
寫《水滸後傳》很可能在此年之前。其實，當年不願剃髮做新
朝順民而流亡海外者有的是，韓國漢文小說《漂流記》就寫了

06　徐鼒：《小腆紀年附考》，中華書局 1957 年版，第 368 頁。

07　《明史》第二冊，卷二十四，中華書局 1974 年版，第 335 頁。

第一節　遺民小說《水滸後傳》與另一部《水滸》續書

李朝濟州人張漢喆等人海上遇難，被逃到安南國的明遺民所救之傳奇。[08]

　　清初另一部《水滸傳》續書題為《後水滸傳》，四十五回，署「青蓮室主人輯」，〈序〉末題「采虹橋上客題於天花藏」。今存清初寫刻本有圖三十七葉，正面人物繡像，背面贊詞，贊詞署「天花藏」、「指迷津」、「花月主人」、「華陽道人」等。作者、序者、題詞者，或為一人，真實姓名無考。「天花藏主人」為清初著名通俗小說家，「天花藏」與「天花藏主人」是否是同一個人，待考。

　　《後水滸傳》敘宋江被奸臣毒死之後轉世為楊么，其他已死的梁山好漢也都轉世，盧俊義為王摩，吳用為何能，戴宗為段忠，公孫勝為賀雲龍，李逵為馬霳，石秀為石青等等。當年的奸臣蔡京、童貫、高俅、楊戩則轉世為權奸賀省、國課商人董索、賣主求榮的家奴夏霖、地方惡霸王豹。楊么等好漢聚義洞庭湖，鋤強除霸，與權奸鬥爭，後南宋朝廷派岳飛率軍征剿，楊么、王摩等人不敵，入地穴隱遁，「化成黑氣，凝結成團，不復出矣」。

　　作者描寫楊么等綠林好漢都是忠義之士，懷抱雄才大略，但是君王不德，非但不用，更視之為心腹大患，必除之而後

08　（韓國）李佑成、林熒澤編譯《李朝漢文短篇集》，一潮閣 1997 年版，第 456—
　　461 頁。

快。《後水滸傳》對「宋朝」已不抱復興的希望，〈序〉稱「天心又將北眷，國運已入西山」，所以楊么一干人等遁入軒轅井底石門之內，化為輕煙告別了塵世。劉廷璣《在園雜志》評《水滸後傳》「猶不失忠君愛國之旨」，而《後水滸傳》則是「一片邪汙之談，文詞乖謬，尚狗尾之不若也」[09]。此評針對的是楊么等人的無君無國的傾向，而未能理解作者這樣寫，是對偏安江南的朝廷的絕望，所謂「天心又將北眷」，表露出巴結新朝的用心。

《後水滸傳》的人物只是與《水滸傳》有前世因緣，完全可以在另一時空大展拳腳，但他們似乎仍然走不出《水滸傳》的陰影。聚義洞庭湖之君子，與聚義梁山的歷程如出一轍。第三回楊么打虎，很容易就聯想武松景陽岡打虎；第十四回殷尚赤拳打董敬泉，又頗似魯提轄拳打鎮關西；第二十二回袁武等人劫取秦檜十萬貫金銀，也未脫離智取生辰綱的窠臼。此書的創造性要低於陳忱的《水滸後傳》。

第二節 動亂中的世事俗情 ——《續金瓶梅》

《水滸後傳》和《後水滸傳》都是寫動亂中的草澤英雄，順治十六年（西元一六五九年）成書的《續金瓶梅》則是寫動亂中的世事俗情。

---

09 劉廷璣：《在園雜誌》，中華書局 2005 年版，第 125 頁。

第二節　動亂中的世事俗情─《續金瓶梅》

　　《續金瓶梅》十二卷六十四回，署「紫陽道人編」。紫陽道人丁耀亢（西元一五九九至西元一六六九年），字西生，號野鶴、紫陽道人、木雞道人、漆園遊等。山東諸城人。父祖皆名宦。他的詩集《歸山草》之〈自述年譜以代挽歌〉云：「自餘有生，明季己亥。」己亥即明萬曆二十七年（西元一五九九年）。弱冠之年為諸生。自謂「發硎脫穎，良驥思騁。厭薄時藝，皎皎獨逞」，故而屢挫於場屋。辛酉（天啟元年，西元一六二一年）、甲子（天啟四年，西元一六二四年）、庚午（崇禎三年，西元一六三〇年）三次鄉試均不第。崇禎五年（西元一六三二年）孔有德率毛文龍遼兵舊部在山東叛亂，丁耀亢避亂山中。崇禎十五年（西元一六四二年）十一月皇太極命貝勒阿巴泰率軍入關，至山東連下兗州諸府，十二月直抵諸城，丁耀亢攜母、姪逃難至海島，滯留城中的胞弟、姪兒殉難，長兄虹野父子皆被創。崇禎十七年（西元一六四四年）三月，「土寇復熾」，又攜家眷避至島上。六月，清朝定鼎，江南弘光朝立，舊朝官宦紛紛南遷，丁耀亢入故友王遵坦之軍幕，任贊畫、紀監司理之職。順治二年（西元一六四五年）清軍南下，丁耀亢隨王遵坦向清軍豫親王投降。降後返回家鄉。順治五年（西元一六四八年）七月離開諸城上京，次年以順天籍拔貢充任鑲白旗教習，不久又改鑲白而入鑲紅旗。此間與貳臣王鐸、劉正宗、龔鼎孳、張縉彥等人往來，他的詩集《陸舫詩草》記錄了

第二章　寄寓黍離之悲與感時憤世之作

與他們酬唱的詩篇。順治八年（西元一六五一年）冬，三年教習考滿，授直隸容城教諭，至順治十年（西元一六五三年）冬方離京，次年春到容城就任。順治十六年（西元一六五九年）授福建惠安知縣，上任途中於次年正月抵杭州，稱病未到任所，滯留西湖之畔完成《續金瓶梅》的創作，此書當年即付梓。此年十二月二十七日，吏部因丁耀亢逾期半年未能到任，依例革去縣令之職。康熙三年（西元一六六四年）有人舉報《續金瓶梅》有誣衊清朝之詞，朝廷下達逮捕令，丁耀亢聞風逃走，隱匿一段時間後向官府自首，按刑律當處絞刑，因康熙四年（西元一六六五年）三月初二北京地震，初五頒詔大赦，幸被赦出獄，然《續金瓶梅》著即被查禁，書版付之一炬。丁耀亢經此牢獄之災，健康每況愈下，鎮日以參禪問道為事。康熙八年（西元一六六九年）病逝，享年七十一歲。其子丁慎行記云：「己酉（康熙八年）年七十一，召余曹日：『將逝矣！生平知己，屈指數人。惟龔大宗伯、傅大司空諸名公，脫驂患難，耿耿在懷。』因占永訣詩畢，合掌說偈而歿。」[10] 丁耀亢還是一位戲曲家，著有傳奇《赤松遊》、《西湖扇》、《蚺蛇膽》等。

　　丁耀亢與陳忱同樣生活在明清鼎革的動亂時代，但兩個人的經歷卻完全不同，他們一個可作北方士人的代表，一個可作南方士人的代表。丁耀亢在山東，明末飽受戰亂的煎熬，起義

10　丁慎行：《乞言小引》。《丁耀亢全集》，中州古籍出版社 1999 年版，第 507 頁。

第二節　動亂中的世事俗情─《續金瓶梅》

軍、清軍、政府軍輪番燒殺劫掠，幾次逃到海島避亂，瀕臨家破人亡的絕境，他們渴求和平安定，清朝定鼎之後，仍沿襲明制，招撫舊朝士人，社會秩序恢復，丁耀亢很自然地投向了清朝。陳忱這些南方士人，清軍南下之前過的是平定的生活，清軍南下有揚州、嘉定、江陰等地的血腥殺戮，激起江南士紳百姓的仇恨和反抗，也是必然的。陳忱是遺民，丁耀亢則不是。

　　《續金瓶梅》的故事接續在《金瓶梅》第一百回末，敘死去的西門慶、潘金蓮、李瓶兒、龐春梅等人分別轉世投生，西門慶托生在東京富戶沈家，名沈金哥，其父為富不仁，宋金戰爭中財產被劫掠一空，父子淪為乞丐。金哥喪父後，隨母畫走長街，夜宿古廟，歷盡十九年苦劫。死後又投生在汴京廠衛衙門一個班頭節級家，取名慶哥。因家貧，被閹送進宮裡做太監，遂完成西門慶三世淫欲之報。潘金蓮轉世為黎金桂，與龐春梅轉世的孔玉梅搞同性戀，後來嫁給不能人道的劉瘸子，因淫想招魔，與鬼交合成病，變為石女，最終與孔玉梅出家為尼。李瓶兒托生在袁指揮家，名袁常姐，被名妓李師師收養，改名銀瓶。銀瓶與花子虛轉世的鄭玉卿通姦，與鄭玉卿私奔卻被其所賣，因不堪凌辱自縊身亡。《金瓶梅》中未亡之人，吳月娘、孝哥、玳安等在戰亂中流離失所，飽受艱辛，最後月娘、孝哥母子出家為尼僧，玳安則繼承了西門家業。

第二章　寄寓黍離之悲與感時憤世之作

　　《金瓶梅》原本寫一個家庭，描寫西門慶與妻妾奴僕之間錯綜複雜的矛盾衝突，同時由這個家庭投射到社會，展示了明代中期社會的黑暗、腐敗以及人欲望橫流時代中的醜惡人性。《續金瓶梅》讓西門慶等人分別轉世到不同的家庭，在不同的空間活動，這樣，這些人物只是秉承著前世的冤孽、展示現世的報應。情節結構完全不同於《金瓶梅》。吳月娘、孝哥與玳安是一個板塊，黎金桂與孔玉梅是另一板塊，李銀瓶與鄭玉卿又是一個板塊。三個板塊的人物情節互不關聯，他們不過是生活在宋金戰爭的同一時間而已。或者說，續書只是《金瓶梅》人物的一本報應帳簿。不過，《續金瓶梅》仍堅持《金瓶梅》的寫實原則，它著力於描寫戰亂中的世事俗情，「大而君臣家國，細而閨壼婢僕，兵火之離合，桑海之變遷，生死起滅，幻入風雲，因果禪宗，寓言褻昵……無不備焉者也」（西湖釣史〈續金瓶梅集序〉）。作品對社會風俗、場景、人性的刻畫以及種種細節的描寫，雖然遠不及《金瓶梅》那樣生動和逼真，但這些描寫是作者的痛苦生活經驗的再現，仍不乏真實性。

　　小說寫的是北宋末年的動亂，實則是明清之交社會生活的寫真。崇禎五年（西元一六三二年）原毛文龍部曲孔有德在山東叛亂，攻陷臨邑、諸城，官軍予以圍剿，雙方對百姓均大肆劫掠。丁耀亢有《壬申秋避亂山居》、《官軍行》、《哀朱太守》等詩記其事。崇禎十五年（西元一六四二年）清軍掠諸城，丁

第二節　動亂中的世事俗情—《續金瓶梅》

耀亢逃至海上，家產遭重創，次年回家，見諸城一帶「白骨成堆，城堞夷毀」，自己在廢墟上重整家業，竟遭人嫉恨，「先是叛僕乘亂為賊者，予歸理之官。邑大姓陰為之主，使其反噬……又使亡命無賴者，率眾登門毆罵……復誘惡僕某跳梁，率眾劫糧畜以去……族人窮悍者，據產為業主，率強鄰逐散佃戶，分吾積聚」[11]。為此亂中侵占財產案，丁耀亢奔走於青、萊二府之間，從順治二年到三年，官司方才了結，但土地疆界已經無法釐清了。動亂中世風惡俗，主僕、鄉親反恣蠶食，人心之險惡，就成為他創作《續金瓶梅》的動因和素材來源。他將《太上感應篇》列於小說卷首，詛咒那些橫取人財、枉殺人命者，第二回寫來安趁亂謀奪吳月娘的金銀，又不惜加以引論，可知《續金瓶梅》絕非無的放矢。

丁耀亢在家鄉樹有仇敵，康熙二年（西元一六六三年）《明史》案結不久，即有諸城人向刑部舉報丁耀亢《續金瓶梅》反清，證據是把滿洲寫得野蠻不堪，又寫洪皓是宋朝忠臣，教授滿洲子弟，分明是丁耀亢自喻。康熙四年（西元一六六五年）十二月二十四日〈刑部尚書龔鼎孳等為審訊丁耀亢事題本〉坐實丁耀亢的罪名有二：第一，「違禁撰寫」。順治十六年（西元一六五九年）十一月有不得私行刊刻邪言穢語之上諭。《續金

11　丁耀亢：《出劫紀略·亂後忍侮嘆》。《丁耀亢全集》下冊，中州古籍出版社1999年版，第282、283頁。

63

第二章　寄寓黍離之悲與感時憤世之作

瓶梅》違反此禁。第二，小說「雖寫有金、宋二朝之事，但書內之言辭中仍我大清國之地名，諷喻為寧古塔、魚皮國等」[12]。按律當「絞決」。由於丁耀亢去自首，合於康熙四年（西元一六六五年）三月因北京地震所頒恩赦條款，寬免釋放，但《續金瓶梅》予以查封毀板。前兩年的《明史》案，名士被處死者兩百餘人，刑部尚書龔鼎孳雖與丁耀亢有交情，此時諒必不敢徇私輕判。但原告指小說中的洪皓乃丁耀亢自喻之說，卻沒有被刑部採信，否則，自喻舊朝忠臣，丁耀亢將難免一死。

其實丁耀亢《續金瓶梅》絕無反清思想，丁耀亢的創作宗旨是在懲惡勸善。第四十三回說：「一部《金瓶梅》說了個『色』字，一部《續金瓶梅》說了個『空』字。從色還空，即空是色，乃因果報轉入佛法，是做書的本意，不妨再三提醒。」第六十四回結尾說：「諸惡莫作，眾善奉行」，「我今講一部《續金瓶梅》，也外不過此八個字。」按小說描寫，作者對宋徽宗、宋欽宗並無好感，寫他們被俘後，「才悔那艮嶽的奢華、花石的荒亂，以致今日亡國喪身，總用那奸臣之禍」（第十九回），被流放到魚皮國，寫魚皮國的蠻野的確有之，但那是事實，作者如實描寫是表現徽、欽二帝怎樣遭罪，苟延殘喘，「再不肯死」，多有輕蔑之意。與《水滸後傳》對二帝的描寫，有天壤之別。小說也寫了金兵屠殺擄掠，稱番兵為「北方韃子」，呼金兵建制

12　安雙成：〈順康年間續金瓶梅作者丁耀亢受審案〉，《歷史檔案》第2期（2000年）。

為「旗」，很容易聯想到清軍，這些都是寫實，感時之恨，黍離之悲抑或有之，但不能成為反清的證據，因為小說也揭露了宋朝官軍「不是徵兵，就是加餉」，弄得百姓流離失所的暴行。丁耀亢有〈官軍行〉一詩可以佐證：「官軍過處如虎屯，婦女逃走村起塵。雞犬甘心供兵食，臨行劫掠還傷人。持刀嚇民一何勇，赴陣殺賊一何悚！留賊還作劫民資，馬後斜駝雙女兒。」[13] 丁耀亢在〈自述年譜以代挽歌〉講述了《續金瓶梅》冤獄，指舉報者「指摘瑕疵，巧為毒螫」，一時「覆盆莫伸」，追悔「多言取禍，一笑而絕」[14]。

《續金瓶梅》作為小說，在藝術上平平，不能與《金瓶梅》比肩。但它是小說作品落入文罔的一個案例，對於後來的小說創作產生了深遠的影響，其歷史意義超過了文學本身。《續金瓶梅》被禁不久，就有刪改本題為《隔簾花影》四十八回問世，刪去的主要是金兵燒殺擄掠的文字，其次還有因果輪回的宗教性說教，並且更易了小說人物姓名。至民國四年（一九一五年）二月，《鶯花雜誌》創刊號開始連載的《金屋夢》六十回，也是《續金瓶梅》的節略本，文字比《隔簾花影》更接近原著。

---

13 《丁耀亢全集》下冊，中州古籍出版社 1999 年版，第 221、222 頁。
14 《丁耀亢全集》上冊，中州古籍出版社 1999 年版，第 428 頁。

第二章　寄寓黍離之悲與感時憤世之作

第三節　冷眼看易代——《豆棚閒話》

　　《豆棚閒話》十二則是一部話本小說集，在體制和敘事方式上獨具特色，其思想傾向很值得關注。今存康熙間翰海樓寫刻本，署「聖水艾衲居士編，鴛湖紫髯狂客評」。「聖水」當指杭州西湖，田汝成《西湖遊覽志》卷一「西湖總敘」稱西湖古名「明聖湖」，卷九「北山勝跡」記慈聖院有呂公池，宋乾道間，高僧能會取池水咒之，以施病者，輒愈，遂號聖水池。由此可知「艾衲居士」為杭州人。《豆棚閒話》第十一則末總評有「明季流賊倡狂」之語，可知成書在清代。該書第九則說「順天府遵化縣」，遵化縣在康熙十五年（西元一六七六年）升為州，可證其成書不能晚於康熙十五年（西元一六七六年）。胡士瑩《話本小說概論》和譚正璧《古本稀見小說匯考》推測「艾衲居士」是明末清初戲曲家、杭州人范希哲，莊一拂《古典戲曲存目匯考》著錄范希哲有雜劇《萬古情》、《萬家春》、《豆棚閒戲》。[15]《豆棚閒戲》據《豆棚閒話》〈介之推火封妒婦〉、〈范少伯水葬西施〉、〈首陽山叔齊變節〉三則推衍而成。吳曉鈴認為，《豆棚閒戲》作者是范希哲，「此乏確證，不敢遽信」[16]。韓南認為艾衲居士或許就是《濟顛全傳》的校訂者王夢吉，如果不是，至少也是王夢吉的友人。[17]艾衲居士究為何

15　莊一拂：《古典戲曲存目匯考》，上海古籍出版社 1982 年版，第 703、704 頁。

16　《吳曉鈴集》第二卷，河北教育出版社 2006 年版，第 145 頁。

17　〔美〕韓南《中國白話小說史》，浙江古籍出版社 1989 年版，第 191 頁。

人，尚待進一步考證。

　　《豆棚閒話》十二則，篇目依次為：〈介之推火封妒婦〉、〈范少伯水葬西施〉、〈朝奉郎揮金倡霸〉、〈藩伯子散宅興家〉、〈小乞兒真心孝義〉、〈大和尚假意超升〉、〈首陽山叔齊變節〉、〈空青石蔚子開盲〉、〈漁陽道劉健兒試馬〉、〈虎丘山賈清客聯盟〉、〈黨都司死梟生首〉、〈陳齋長論地談天〉。每兩則為對偶句。十二篇作品既有談古，也有說今。作者極盡嬉笑怒罵之能事，鞭撻了明清易代之際人情之淺薄、世風之醜惡。第八則〈空青石蔚子開盲〉寫兩個盲人，一個叫「遲先」，一個叫「孔明」。所以叫「遲先」，是因為「如今的人眼明手快，捷足高才，遇著世事，如順風行船，不勞餘力。較之別人受了千辛萬苦撐持不來，他卻三腳兩步，早已走在人先，占了許多便宜……倒不如我們慢慢的按著尺寸平平走去，人自看我蹭蹬步滯，不在心上。那知我倒走在人的先頭，因此叫做遲先。」另一個叫「孔明」，是因為「如今的人，胡亂眼睛裡讀得幾行書，識得幾個字，就自負為才子。及至行的世事，或是下賤卑汙，或是逆倫傷理，明不畏王章國法，暗不怕天地鬼神，竟如無知無識的禽獸一類……倒不如我們一字不識，循著天理，依著人心……卻比孔夫子也還明白些，故此叫做孔明」。兩個盲人聽說有道人用空青石可點開雙瞽，歷盡跋涉之苦找到道人，雙眼點開，看到這個世界竟是「空花陽焰，一些把捉不來」，擾擾攘

第二章　寄寓黍離之悲與感時憤世之作

攘，東分西裂，「世人心雄意狠，走出娘懷，逞著聰明，要讀盡世間詩書；憑著氣力，要壓倒世間好漢。錢財到手，就想官兒；官兒到手，就想皇帝。若有一句言語隔礙，便想以暗箭驀地中傷；若有一個勢利可圖，便想個出妻獻子求媚。眼見得這些焰頭上根基，都是財築起的；強梁的口嘴，都是勢裝成的；雄威的體面，都是黨結就的」。盲人睜眼看到世界如此不堪，哭將起來，反不如閉眼什麼都看不到的清閒自在。作者對現實的看法大抵如此，也是《豆棚閒話》諷喻之所在。

作者憤世嫉俗是因為現實太醜惡、人性太卑汙。明清鼎革大動亂中各色人物登臺表演，作者假借古人古事進行了揭露和諷刺。第七則〈首陽山叔齊變節〉寫商周鼎革，叔齊、伯夷兄弟逃到首陽山，寧願餓死，也不食周粟。叔齊耐不住饑餓，動搖了，「與其身後事享那空名，不若生前一杯熱酒」，乘伯夷不防，跑下山去，準備去做貳臣。他走到一個市鎮—

> 只見人家門首，俱供著香花燈燭，門上都寫貼「順民」二字。又見路上行人，有騎騾馬的，有乘小轎的，有挑行李的，意氣揚揚。卻是為何？仔細從旁打聽，方知都是要往西京朝見新天子的。或是寫了幾款條陳去獻策的，或是敘著先朝舊職求起用的，或是將著幾篇歪文求徵聘的，或是營求保舉賢良方正的。紛紛奔走，絡繹不絕。

這種情景，顯然是李自成占據北京、清朝在北京立國之

後，明朝臣民急於歸附新朝的寫照。待時而動，潮流如此，叔齊更堅定了投靠新朝的意念。然而卻遇到商朝頑民陣亡鬼魂隊伍，這幫頑民鬼魂要將投靠新朝的人們處斬，關鍵時刻，玉皇駕前的尊神發話了，指斥商朝頑民不識天時，周已代商，就像春夏之花謝了，便該秋冬之花開了，「只要應著時令，便是不逆天條。若據頑民意見，開天闢地，就是個商家到底不成……你們不識天時，妄生意念。東也起義，西也興師，卻與國君無補，徒害生靈。況且爾輩所作所為，俱是醃臢齷齪之事，又不是那替天行道的真心，終甚麼用？若偏說爾輩不是，把那千古君臣之義，便頓然滅絕，也不成個世界」。這裡便陷入一個悖論，不做貳臣的頑民被指不識時務，見利而忘千古君臣之義的叔齊之流是識時務者，卻又沒有節操，那麼生在改朝換代的人們當做何選擇？作者似乎在局外，只是一個冷眼旁觀者。

　　作者善於以古諷今，不惜「倒顛成案」（天空嘯鶴〈豆棚閒話敘〉），第二則〈范少伯水葬西施〉寫西施先許身范蠡，後又去侍奉吳王，受用了吳王的無限恩情，卻幫助越王滅掉了吳國。范蠡本是吳國臣民，卻去做越國謀臣，用西施美人計顛覆了吳國。范蠡助越王復興霸業之後，知越王會猜忌功臣，遂棄官隱居五湖之上，又擔心西施洩露當初的密謀，竟將西施推入湖心，葬身在水晶宮裡。西施、范蠡都是沒有節操的陰謀家，此篇完全顛覆了他們在史書中的傳統形象。作者如此「倒顛成

案」，顯然有所寓指。介之推有功於晉文公卻不願受祿的故事也膾炙人口，第一則〈介之推火封妒婦〉卻寫他入山是為了尋妻，願意要出山做官，無奈其妻只要兩相廝守，將其拘繫，結果夫妻死於山火。介子推不戀功名的高潔情操也被消解了。

《豆棚閒話》也有稱讚的人物。第五則〈小乞兒真心孝義〉的小乞丐定兒孝順瞽目老母，拾金不昧，濟困扶危。儼然一位義士。第十一則〈黨都司死梟生首〉的黨都司在明末動亂中鋤奸除霸，仗義疏財，死後英魂不散，定要將為非作歹的南團練斬殺方肯甘休，作者稱他是「太平莊上柴大官，鄆城縣的宋押司」。

《豆棚閒話》作為話本小說，在結構上是獨一無二的。全書十二則，每則一篇獨立的故事，但每篇故事均由參與豆棚下閒話的一位「老者」或「後生」講述出來。全書記敘的是豆棚下從春到秋的聚會閒談。有講故事者，也有聽故事者，故事的講述是敘事的主要部分，同時還有聽故事者的議論，討論起來有時還發生激烈的爭執。其結構框架又有長篇小說的輪廓。

《豆棚閒話》寫的是講故事，但與「三言」模擬說話人口吻的敘述比較起來，書面色彩濃厚得多。第九則〈漁陽道劉健兒試馬〉開頭講秋天到了，這樣敘述：

> 金風一夕，繞地皆秋。萬木梢頭，蕭蕭作響。各色草木，臨著秋時，一種勃發生機，俱已收斂。譬如天下人成過

名的，得過利的，到此時候，也要退聽謝事了。只有扁豆一
種，交到秋時，西風發起，那豆花越覺開得熱鬧……這幾時
秋風起了，豆莢雖結得多，那人身上衣服漸單，肩背上也漸
颯颯的冷逼攏來。

用「熱鬧」形容豆花開得燦爛，用肩背感覺形容秋風之涼，
用功成名就比喻秋天，這些都是文人的筆調，與市井口語大相
懸隔。

《豆棚閒話》的結尾頗有寓含。第十二則〈陳齋長論地談
天〉的主角是陳齋長，此公名剛，字無欲，別號陳無鬼，「穿
了一件道袍，戴上一頂方巾」。他住在城裡，聞知城外有個豆
棚論壇，便迤邐尋了過來。此公「只因近來儒道式微，理學日
晦」，便要承繼周程張朱之脈，來掃蕩一切異端邪說。這一則與
其說是小說，毋寧說是一篇理學宣講。他批駁佛道，否認天堂
地獄鬼神之說，主張不語怪力亂神，意在摧毀《豆棚閒話》講
故事的根基。眾人聽了他的高論，悻悻然說：「可恨這老齋長，
執此迂腐之論，把世界上佛老鬼神之說，掃得精光。我們搭豆
棚，說閒話，要勸人吃齋念佛之興，一些也沒了。」老者道：「天
下事，被此老迂僻之論敗壞者多矣，不獨此一豆棚也。」又告
誡豆棚主人道：「閒話之興，老夫始之。今四遠風聞，聚集日
眾。方今官府禁約甚嚴，又且人心叵測，若盡如陳齋長之論，
萬一外人不知，只說老夫在此搖唇鼓舌，倡發異端曲學，惑亂

人心，則此一豆棚，未免為將來釀禍之藪矣。」此時正當秋杪，已霜氣逼人，不知誰的臂膀靠了棚柱，柱腳一鬆，豆棚便一起倒下。這民間言論之舞臺，就此宣告垮塌。《豆棚閒話》寫於清初，正當文化專制愈益嚴酷之時，豆棚如此結局，不能說沒有寓意。

第三章

話本小說的繁榮

第三章　話本小說的繁榮

清初話本小說直承明末的發展趨勢，在四十年間達到空前的繁榮。明嘉靖至崇禎一百二十多年，話本小說集存世者大約十七部，清初的作品，不包括選本，僅作家專集存世的就約有二十七部之多[01]。

清初話本小說家群，如李漁、陸雲龍、徐震等有姓名可考者不多，其中多數作者姓名身世無跡可求。他們都是由明入清的文人，有的在前朝兼營刻書，如《無聲戲》作者李漁、《清夜鐘》作者陸雲龍，而較多的人恐怕既無產業，又無地位，遺民身分或非遺民身分，為養家糊口，不得不替書坊編撰小說。呂留良《東莊詩存》之〈寄黃九煙〉詩云：「聞道新修諧俗書，文章賣買價何如？」句末自注：「時在杭，為坊人著稗官書。」[02]

黃周星，字九煙，明遺民，曾與汪象旭編評《西遊證道書》，著文言小說《補張靈崔瑩合傳》，為張潮《幽夢影》作評等。清初小說的繁榮，與這樣一批被朝代更迭拋出主流社會的文人的參與有直接的關係。

清初話本小說家都經歷了改朝換代的大變動，由於各人的身世經歷和思想傾向不同，所創作品的風貌也大有差異。有反思故國覆亡歷史，拷問鼎革中節操淪喪的靈魂，帶有東林黨遺緒的作家作品；但保存下來的多數作品還是沿襲「三言」、「二

01　參見徐志平《清初前期話本小說之研究》第一篇第一章，學生書局 1998 年版。

02　轉引自胡適〈水滸續集兩種序〉，《胡適古典文學研究論集》，上海古籍出版社 1988 年版，第 874 頁。

拍」描摹世情的路數，以娛目快心為目的，帶有濃厚的商業文化色彩。

　　清初話本小說以刊刻年代為時代劃定的依據，今存的專集中難免夾有作者寫於明末的單篇，況且文學創作也不能簡單地以崇禎十七年、順治元年一刀切斷。但朝代變了，文學創作在承傳中必定要變，清初話本小說，且不說題材的時代性，就是敘事方式、結構體制和語言風格等方面都有了新的變化，與「說話」距離越來越遠，從樸拙走向典麗，漸漸失去了民間俚俗氣質，這也為日後式微埋下病根。

　　《豆棚閒話》在文體上是話本小說的變調，也是話本小說文人化的一部代表作品，又由於它對明清鼎革的特別關注，故列在前處討論，並非把它排除在話本小說之外。

第一節　《清夜鐘》、《覺世棒》和《照世杯》

　　順治十七年（西元一六六〇年）丁耀亢在杭州與《照世杯》作者「酌玄亭主人」、「睡鄉祭酒」杜濬有一個聚會，「酌玄亭主人」（又署「諧野道人」）〈照世杯序〉記曰：「今冬過西子湖頭，與紫陽道人（丁耀亢）、睡鄉祭酒（杜濬）縱談今古，各出其著述，無非憂憫世道，借三寸管，為大千世界說法。昔有人聽婦姑夜語，遂歸而悟弈。豈通言儆俗，不足當午夜之鐘、

第三章　話本小說的繁榮

高僧之棒、屋漏之電光耶？」[03]「酌玄亭主人」著《照世杯》，丁耀亢著《續金瓶梅》，文中所謂「午夜之鐘」即《清夜鐘》，「高僧之棒」即《覺世棒》，「屋漏之電光」即《閃電窗》，可知這幾部小說都在同一時期創作於杭州。

　　《清夜鐘》十六回，今殘存十回。作者署「薇園主人」。作者自序曰：「余偶有撰著，蓋借諧譚說法，將以鳴忠孝之鐸，喚省奸回；振賢哲之鈴，驚回頑薄。名之曰《清夜鐘》，著覺人意也。」序末鈐有「江南不易客」和「於麟氏」兩枚印章。「於麟」是《魏忠賢小說斥奸書》的作者陸雲龍的字。《翠娛閣評選行笈必攜》中陸雲龍所作《詩最》序和《詞菁》序都鈐有「亦字於麟」的圖章。又《清夜鐘》第十三幅插圖之題詩「松聲寂寂禪關靜，佛火時時見鬼磷」後署「蛻庵題」。《新鐫啟牘大乘備體》書首小引末署「八十老人陸雲龍蛻庵題」，此書有陸敏樹《陸蛻庵先生家傳》云：「府君諱雲龍，字雨侯，號蛻庵。」、「薇園主人」為陸雲龍，當屬無疑。《清夜鐘》的點評者為作者胞弟陸人龍，第二回回末評有「常（嘗）作《唐貴梅演義》，可足為世奇」之語，《唐貴梅演義》即陸人龍話本小說《型世言》第六回〈完令節冰心獨抱，全姑醜冷韻千秋〉。

　　陸雲龍，字雨侯，又字於麟，號翠娛閣主人、薇園主人、蛻庵等。浙江錢塘（今杭州）人。明末諸生。早年自負才高，

03　《古本小說叢刊》第十八輯《照世杯》影印本，中華書局 1991 年版。

第一節　《清夜鐘》、《覺世棒》和《照世杯》

但科舉屢試不中，做過塾師，後以刻書為業，並專心著述。明末曾撰有多篇指斥權貴、評議國事的策論，如〈剿撫議〉、〈制科策〉、〈謹刑論〉、〈言路策〉等，與東林黨人的復社名士交往密切。他在〈答朱懋三書〉中說：「今人無可告語，乃上而與陳死人作緣；更不堪莊語，乃妄而與齊諧輩作伍。然非傲也，非誕也，一腔不得已。」他一方面編刊古人詩文，以「翠娛閣」、「崢霄館」之名編刊評點詩文選集多種，一方面「與齊諧輩作伍」，明末創作時事政治小說《魏忠賢小說斥奸書》，清初撰著《清夜鐘》。[04]

《清夜鐘》今存的十篇作品，大率以時事政治和社會新聞為素材，風格略近於明末陸人龍的《型世言》。其中兩篇直接取材於甲申鼎革時事，不過它們不像時事政治小說那樣插入奏章、塘報之類，比較注重情節的連貫和人物的描寫，文學性要大過新聞性。

第一回〈貞臣慷慨殺身，烈婦從容就義〉敘甲申年李自成攻陷北京，翰林院檢討汪偉夫婦殉難死節的故事。汪氏夫婦死節的消息在當時盛傳，《剿闖小說》第三回、計六奇《明季北略》卷二十一、錢《甲申傳信錄》卷三，均有詳略不同的記載。《清夜鐘》寫汪偉夫婦自縊時還要講究尊卑左右，所謂正序而

04　陸雲龍生平，參見夏咸淳《陸雲龍考略》(《明清小說研究》1988 年第 4 期)，陳慶浩《〈型世言〉導言》(臺灣「中央研究院中國文哲研究所」《型世言》影印本卷首，1992 年版)。

死，這與眾多記載相同；不同的是，小說特別詳敘了汪偉歷官清廉，卻不得擢拔；雖有卓識謀略，卻不被當局信用。社稷傾覆，卻以一死向朝廷盡忠。作者寫這些是要凸顯那些位高權重的機樞大臣和封疆督撫們之誤國背君。崇禎帝自縊，殉難者不過二十餘人，在朝食祿的文武豈止千百，「這輩誤君、背君、喪心、喪節的，全不曉一毫羞恥，有穿了吉服去迎賊的，入朝朝賊求用的。自己貪富貴要做官，卻云『賊人逼迫』『某人相邀』；自己戀妻子不肯死，卻云『某人苦留』、『妻子求活』」。這些文字並非向空編造，給事中龔鼎孳投降李自成，接受「偽職」，他每辯解說：「我願死，奈小妾（秦淮名妓顧媚）不肯何！」[05]陸雲龍沒有點龔鼎孳的名，是因為他又投降了清朝做了高官，審理《續金瓶梅》一案時他已是刑部尚書。這篇作品的矛頭指向主要是當下風光無限的貳臣。

第四回〈少卿癡腸惹禍，相國借題害人〉敘述南明弘光立朝時轟動朝野的「太子案」始末，這個在南京出現的崇禎皇帝的太子是個贗品，一些朝臣利用假太子不過是要爭權奪利，陸雲龍描寫這段歷史公案，旨在揭露弘光小朝廷的蠅營狗苟，崩潰瓦解勢在必然。

以明朝時政為題材的作品還有第六回〈偵人片言獲伎，圉夫一語得官〉，敘正統年間王威寧巡撫大同，不徇資序，破格拔用

05　徐鼒：《小腆紀年附考》卷四，中華書局 1957 年版，第 120 頁。

第一節　《清夜鐘》、《覺世棒》和《照世杯》

人才，故而屢立戰功。作品要闡發的是「有權臣在內，大將能立功於外」的道理。王威寧曾趨附權貴，在陸雲龍看來，正是依附了朝廷的權貴，方能在邊塞克敵制勝。肯定王威寧，是在批評鎮守揚州失敗的史可法的不知權變，「只看如一個有才望大臣，只為持了正義，不肯與人詭隨，所以要兵不得兵，要糧不得糧，要人犄角不得犄角，卒至身死，為人所笑」。第十四回〈神師三致提撕，總漕一死不免〉寫崇禎八年（西元一六三五年）李自成攻破鳳陽，總督漕運、巡撫鳳陽都察院右僉都御史楊一鵬因「封疆失守」，獲罪處斬的故事。楊一鵬「封疆失守」之前，曾有高僧一再提醒他要急流勇退，可是他割不斷名韁利鎖，終落得個身敗名裂。「功名者，貪夫之釣餌。官高必險，反不如持瓢荷杖之飄然。」

《清夜鐘》以時政為題材的作品，風格與《魏忠賢小說斥奸書》一致，行文頗有氣勢，但議論太多。《清夜鐘》尚存的其他六回，皆以當時的社會新聞為題材，有些新聞也被別人編成小說。第五回〈小孝廉再登第，大硯生終報恩〉所敘故事，被《鴛鴦針》（《一枕奇》卷一）採為入話；第七回〈挺刃終除鴞悍，皇綸特鑒孝衷〉崔鑒殺父妾以保全生母的故事，《飛英聲》卷四〈孝義刀〉亦有撰寫。

《覺世棒》原刻本未見，今殘存四篇作品，分別歸屬在《一枕奇》、《鴛鴦針》、《雙劍雪》三書中。

第三章　話本小說的繁榮

　　《鴛鴦針》一卷四回，四回演一故事。單冊行世，實為一篇話本小說。第八、九、十、七十九、八十葉版心下方有「覺世棒」三字，可知為《覺世棒》中的一篇。《雙劍雪》二卷八回，每卷四回演一故事，體制版式與《鴛鴦針》一樣。其卷一第一回的第四十三葉版心下方也有「覺世棒」三字。《一枕奇》二卷八回，每卷四回演一故事，卷一〈打關節生死結冤家，做人情始終全佛法〉與《鴛鴦針》為同一篇作品，回目、行款完全相同，字體相近，個別文字有異，是同一祖本的兩種覆刻本。《一枕奇》、《雙劍雪》無繡像，《鴛鴦針》有繡像八幅，其中五幅按其內容應是《一枕奇》、《雙劍雪》的插圖。三書原屬《覺世棒》一書，無可置疑。

　　《覺世棒》殘存之四篇作品為：

　　〈打關節生死結冤家，做人情始終全佛法〉（《鴛鴦針》、《一枕奇》卷一）敘明嘉靖年間浙江杭州仁和縣秀才徐鵬子科考的試卷被人偷梁換柱，竊人試卷者得了功名，被竊者反遭陷害。徐生歷經磨難還是博得了金榜題名，但他不念舊仇，以德報怨，得到福壽雙全的善果。

　　〈輕財色真強盜說法，出生死大義俠傳心〉（《一枕奇》卷二）敘明天順年間江西南昌府新建縣失館秀才得俠盜資助，謀得一幕賓職位，不料隨知府上任途中在梅嶺被俠盜所劫，知府因秀才與俠盜的交情方得脫困，事後知府反誣秀才勾結盜匪，

將其下獄。秀才被俠盜從獄中救出，改名換姓考得功名，選了刑部主事，反過來判釋了陷獄的俠盜，俠盜後來在邊關立下軍功。秀才也不計知府前嫌，官至極品，急流勇退而得善終。

〈真文章從來波折，假面目占盡風騷〉（《雙劍雪》卷一）敘明崇禎年間山東東昌府平原縣秀才卜亨胸無點墨，以名士自居，從家鄉騙到南京，從南京騙到北京。盛名之下，其實難副，露出馬腳後狼狽溜出北京，途中被李自成部隊俘獲，投靠李自成做了大官，最後被南明擒獲，落得可悲下場。

〈歡喜冤家一場空熱鬧，賺錢折本三合大姻緣〉（《雙劍雪》卷二）敘明萬曆年間南京水西門外米商范順貪財好利，騙得江西商人吳有德鉅額大米而暴富，吳有德誠信忠厚，一再救濟陷入困厄的范順，一對冤家竟成好友。

《鴛鴦針》、《一枕奇》、《雙劍雪》三書皆署「華陽散人編輯，蚓天居士批閱」。明末清初丹徒人吳拱宸號華陽散人，吳氏為明朝舉人，入清後隱於茅山。有論者指吳拱宸即著此話本小說的「華陽散人」。但茅山華陽洞享有盛名，以「華陽」為號者不乏其人，僅據此號難以認定作者就是吳拱宸。小說文本中有透露作者身分的地方，《鴛鴦針》寫窮秀才徐鵬子失館後的生活窘態，有小字批語（批者即作者）曰：「我亦如是，堪以自贈。」《雙劍雪》卷一「入話」批評明末名士之風說：「在下的也從這裡出身，為何搬演出來與人笑話？但在下的原是愛

第三章　話本小說的繁榮

惜同類意思，大家莫要錯認了，只為這虛張聲名，卻有實禍。」
按此語氣，作者是個窮秀才，與吳拱宸的孝廉身分不符。

《覺世棒》殘存的四篇作品均寫世情，文筆流暢，夾敘夾
議，但缺少細節和場景描寫。它原本有多少卷，今已無從考
證，很大可能是佚去的作品描寫時政，觸犯了當局的忌諱，不
得不消失了。日本《商舶載來書目》記享保十六年（清雍正九
年，西元一七三一年）「佐字型大小」船載有《雙劍雪》一部
四本，可知雍正初年之前，《覺世棒》已經解體。

《照世杯》也是一個殘本，僅存四回，此孤本藏於日本佐
伯文庫。[06] 此書內封署「諧道人批評第二種快書」、「酌元亭梓
行」。「酌元亭」之「元」字為挖改，原字應為「玄」，挖改是
為避康熙帝玄燁名諱。此亦可知此本不是順治初印本，而是原
板挖改後的重印本。卷首〈序〉署「吳山諧野道人」，正文又署
「酌元（玄）亭主人編次」。作者、評者、序者和梓行者都是一
個人，這個「酌玄亭主人」的真實姓名待考。此書第三回有「就
如我們吳越的婦女」之語，透露出作者是吳越地區的人。

《照世杯》第一回〈七松園弄假成真〉敘蘇州秀才阮江蘭
與青樓女子晼娘的一段情愛佳話，癡心的嫖客遇上真情的妓
女，靠著友人的資助，兩人結為連理。第二回〈百和坊將無作
有〉敘一假名士向富人謀取利益，侵漁官府，擾害地方，搜刮

06　影印本見《古本小說叢刊》第十八輯，中華書局 1991 年版。

第一節　《清夜鐘》、《覺世棒》和《照世杯》

得七百多金，卻落入美人騙局，不義之財盡失，憂鬱而死。「名士」是明季社會一大公害，可與《雙劍雪》卷一〈真文章從來波折，假面目占盡風騷〉對看。第三回〈走安南玉馬換猩絨〉敘述廣西商人赴安南貿易的一段傳奇，此為小說中罕有之題材。第四回〈掘新坑慳鬼成財主〉用諷刺的筆調描寫慳吝的穆太公掘坑造廁生財，遭無賴敲詐，穆太公之子護衛父親刺傷無賴，官司打到衙門，知縣贊其子孝義，助他做了秀才，臭財主翻成了書香人家。此篇描寫穆太公之慳吝，細膩傳神，令人忍俊不禁。穆太公經營的廁所題額曰「齒爵堂」，文縐縐，穆太公管理一個廁所，猶如主持一個衙門，莊嚴之至。那賭場馬吊館招收學徒，拜師，講馬吊經，儀式肅穆與儒家學官的規矩沒有兩樣。作者似乎在挖苦廁所、賭場的經營，但又何嘗不是在諷刺衙門、學官？庸俗與莊重二而一，其諷刺手法頗有獨到之處。

　　《照世杯》每卷一篇獨立的作品，卷題如同一般話本小說的回目，但每卷又分若干段，每段都有對偶句的段目。這種體制與明末話本小說《鼓掌絕塵》相仿。《照世杯》的敘事風格與《豆棚閒話》、《清夜鐘》、《覺世棒》頗為接近，文人氣息濃重；而善用諷刺，則是上述作品所沒有的。

　　「酌玄亭主人」還有一部小說《閃電窗》，但不是話本小說，而是長篇章回小說。今存殘本六回，藏於中國社會科學院文學研究所。書敘福建漳州府孝廉林鵑化已三次會試不中，今

第三章　話本小說的繁榮

又赴京會試。同鄉有三位舉人也上京會試，他們皆少年得志，輕薄狂妄，高調出行。獨林鶉化寂寂一人獨自北上，途中庇護了一位陸小姐，救了一位落水的公子，護送了一位揚州少女進京成親。那三位少年舉人早已到京，指望買通關節拿到功名，成天遊蕩鬼混，被人告發科舉舞弊，三人向林鶉化求救，恰進京成親的揚州少女是都察院馮都憲新娶之側室，靠了這層關係才解除了三人的牢獄之災。故事到此第六回末，以下部分全佚。按第三回寫陸小姐被人退婚而上吊自殺，吊死鬼正要索命，一狐阻攔道：「他是受誥命的夫人，你怎麼尋他來替死？」回末有評曰：「其（狐精）與吊死鬼廝打，卻為封誥夫人起見。」由此推知，陸小姐後來當嫁一位進士出身的官員，這官員可能就是庇護過她的林鶉化。

《閃電窗》敘事，每回皆以一個人物為中心命題，第一回〈林孝廉蘇州遭謗〉，第二回〈陸小姐花園誦經〉，第三回〈沈天孫覆舟遇俠〉，第四回〈錢鶴舉買妾迷情〉，第五回〈花二姐悔親坑陷〉，第六回〈馮都憲報友除奸〉。這頗似戲曲的結構和命題，每一出皆以一個正生或正旦為中心。今存本內封鐫有「傳奇嗣出」字樣，說明作者確有同一故事的戲曲作品。「酌玄亭主人」與同時代的丁耀亢、李漁等一樣，是小說家兼戲曲家。

第二節　《醉醒石》、《人中畫》和《五更風》

沿襲話本小說關注世情，從道德視角剖析世相百態的作品，在清初仍是主流。《清夜鐘》、《覺世棒》和《照世杯》所以變得殘缺，極大可能是那些佚去的作品觸及新朝統治者的忌諱而遭致的結果。描寫世情的作品，遠離時事政治，只要不是不堪一讀，一般都能留存下來。

《醉醒石》十五回，作者署「東魯古狂生」，真實姓名不詳。全書作品大抵以明代社會為背景，有的作品或寫於明末，如第十二回稱「我朝太祖高皇帝」，第十四、十五回稱明朝為「先朝」，第十二回還提到甲申、乙酉「國變」，成書在清初當無疑義。書名「醉醒石」，典出《唐餘錄》，相傳宰相李德裕平泉別墅內有石能使醉人清醒。

《醉醒石》每回演一個故事，十五篇作品以揭露貪婪暴戾、薄情寡義、貪淫兇殘、欺詐陰險、恃才傲物等醜惡現象居多，也有少數作品描述濟困扶危、忠勇節烈的事蹟。小說寫貪贓枉法者，數不勝數，一般都寫他們廉恥喪盡，本書第十一回〈惟內惟貨兩存私，削祿削年雙結證〉卻寫貪官的良心煎熬。這位貪官原是窮苦書生，好不容易拿到功名做了推官，初衷也想做個清官，按官場規則不貪也能致富，但致富速度太慢，他的夫人定要他收受鉅額賄賂，經過一番靈魂的掙扎，貪了六百兩銀子，放走了真凶，枉殺了一個平民。他後來從聖壽禪寺老僧那

第三章　話本小說的繁榮

裡獲知，這六百兩銀子，毀掉了他吏部尚書的前程，由是懊悔怨悵，鬱鬱而死。這樣寫真實地揭露了貪官的靈魂。《醉醒石》敘事流暢，敘中有議，也是清初文人話本小說的共同特徵。

《人中畫》十六卷五篇作品：《風流配》四卷，《自作孽》二卷，《狹路逢》三卷，《終有報》四卷，《寒徹骨》三卷。今存嘯花軒刊本不署撰人，乾隆四十五年（西元一七八〇年）泉州尚志堂刊本署「風月主人書」。「風月主人」疑為清初煙水散人徐震的別號，徐震〈女才子書自序〉有「予乃得為風月主人」之語，且徐震署「煙水散人」編次的小說多為嘯花軒梓行，故《人中畫》有可能是徐震的作品。

《人中畫》的五篇作品，〈風流配〉敘成都才子司馬玄與佳人蓮峰、荇煙的婚戀故事，以詩為媒，情節格局受明代中篇傳奇小說的影響，除了沒有小人撥亂其間之外，已接近才子佳人小說。〈自作孽〉寫兩個秀才的科舉仕途經歷。老秀才淳厚端方，無私地資助少年秀才。兩人做官，老秀才清正廉潔，少年秀才負義輕狂，驕橫貪酷。皓首老兒得到善終，黑心小子身敗名裂，羞愧而死。兩人形成鮮明對比，但布局過於奇巧。〈狹路逢〉敘商人李天造樸直信用，行善積德，父子離散，得神靈保佑而聚合。〈終有報〉敘一對未婚夫妻各自尋求外遇，媒婆偷梁換柱，外遇竟是自己未婚的那一位，釀成一場帶羞的喜劇。《寒徹骨》敘一書生的父親被奸臣誣陷，全家罹難，他一人逃

第二節 《醉醒石》、《人中畫》和《五更風》

脫，改易姓名，發憤讀書，寄人籬下，受盡白眼，終於科場連捷，報了血海深仇。五篇作品有三篇寫士人。在體制上每篇為三卷或四卷，與《照世杯》一樣，是拉長了的短篇小說，接近於中篇。

接近於中篇的作品還有《五更風》，《五更風》今存殘本四卷，每卷演一獨立故事，卷又分上、下，卷目為：

〈鸚鵡媒〉：報主恩婢烈奴義，酬師誼子孝臣忠

〈雌雄環〉：贈玉環訛上訛以訛傳訛，撿詩扇錯中錯將
錯就錯

〈聖丐編〉：還百金貧丐成家，捐十萬富商保命

〈劍引編〉：（題殘缺）

本書作者署「五一居主人」，真實姓名不詳。〈鸚鵡媒〉有議論云：「國難何由而起？文愛錢乎？武惜死乎？將相不和乎？而其禍於勳戚宦寺之間，而尤烈於宦寺……時至晚近，欲覓不聽婦言之家長，不惑闍寺之君，正未易得。」其口吻似清初人對明亡的反思。又篇中不諱康熙帝名諱「玄」，可證為康熙初年或之前的作品。

《五更風》今存四篇中至少有三篇巧妙地設置關目，〈鸚鵡媒〉一隻有靈性會說話的鸚鵡促成了水朝宗和炎氏的婚姻。〈雌雄環〉的雌雄玉環和一把詩扇成就了兩對男女的婚姻。〈劍引編〉的神劍幫助宋生平定叛亂。一件物事在情節中成為樞紐，

這種手法常見於戲曲。〈雌雄環〉上卷題下注有「傳奇嗣出」四字，可知確有搬演同一故事的戲曲。清初既寫小說又編戲曲的兩棲作家不為少見，他們的作品以故事情節布局精巧見長。

第三節 《都是幻》、《錦繡衣》和《筆梨園》

《都是幻》、《錦繡衣》和《筆梨園》三部話本小說專集的作者為一人：「瀟湘迷津渡者」，真實姓名不詳。

《都是幻》二卷，每卷一篇作品：卷一〈梅魂幻〉六回，卷二〈寫真幻〉六回。前者敘一書生與梅花精靈的戀愛，後者敘一書生與畫中美人的戀愛，梅精和畫精都已人格化，她們與人間佳麗毫無二致，書生享盡她們賜予的豔福，最後都成仙飛升。人妖戀、人神戀是文言小說常見題材，話本小說也有寫人妖戀的，比如〈白娘子永鎮雷峰塔〉，但此篇已全無話本小說傳統的市井氣味。

《錦繡衣》原本未見，按《都是幻》體例，它應該輯有兩種或兩種以上的作品。今存清初寫刻本《換嫁衣》目錄頁題「新小說錦繡衣第三戲」，則《換嫁衣》是《錦繡衣》的第三種。其餘兩種，故事大約都與衣裳有關，惜已散佚。《換嫁衣》四回敘一婦人在將要被騙賣之際，用自己的嫁衣與賣她之人的妻子換穿，從而逃脫了賣走他鄉的厄難。

《筆梨園》原本亦未見，今存《筆梨園第二本》，標題《媚

嬋娟》。「梨園」指演戲之所,「筆梨園」意思是「用筆演述的戲曲」。《換嫁衣》正文第一回首題「紙上春臺第三戲新小說錦繡衣第一戲」,「春臺」是春季所搭戲臺,「紙上春臺」與「筆梨園」同義。李漁的話本小說集稱《無聲戲》,命義略同。「瀟湘迷津渡者」可能還編有戲曲。《媚嬋娟》六回,敘一商人在困厄中得到揚州妓女媚娟的資助,販茶進京大獲其利,買得官職,娶媚娟做夫人。〈李娃傳〉、〈玉堂春落難逢夫〉都是寫妓女幫助了秀才書生,此篇寫幫助商人,也是別具一格。

《都是幻》、《錦繡衣》、《筆梨園》的小說,篇幅四回、六回不等,體制與《照世杯》、《五更風》相類。

第四節 《飛英聲》、《風流悟》及《雲仙嘯》、《驚夢啼》

《飛英聲》四卷八篇,分卷不分回,每卷兩篇作品。每篇作品在三字標題下有偶句題目。例如卷一〈鬧青樓〉:「女諸葛詩畫播聲名,佳公子丰姿驚粉黛。」作者署「古吳憨憨生」,蘇州人,真實姓名不詳。卷四〈三義廬〉敘一講義氣的乞丐,說「這乞兒在於何時,在順治年間」,可知此作在順治之後;又此書不諱「玄」字,梓行此作的書坊可語堂在康熙二年(西元一六六三年)刊有小說《巧聯珠》,由此推斷此書之成當在康熙初年避諱不嚴的時期。

第三章　話本小說的繁榮

　　卷四〈孝義刀〉寫十三歲少年崔鑒殺父妾而全生母，故事與《清夜鐘》第七回〈挺刃終除鴞悍，皇綸特鑒孝衷〉相同，皆據明嘉靖京師一大社會新聞寫成，崔鑒在《明史》有傳[07]。《清夜鐘》寫得比較真實，情節安排有層次有節奏，寫崔鑒不過是一混沌少年，只因看母親被父妾欺侮凌辱到上吊自殺，才出手殺人。《飛英聲》卻將崔鑒的形象拔高，說他熟讀《論語》、《孟子》，了然於倫理綱常，早有除掉父妾之心。情節發展一線到底，不如《清夜鐘》有感染力。卷二〈三古字〉散佚，所敘故事在明末已流傳甚廣，《石點頭》卷七〈感恩鬼三古傳題旨〉、《西湖二集》卷四〈愚郡守玉殿生春〉，都用為素材，《清夜鐘》第十三回〈陰德獲占巍科，險腸頓失高第〉也講到「三古字」的故事。採用社會新聞傳說做題材，是明末清初話本小說創作的一個特點。

　　《風流悟》八回，每回演述一個故事。作者署「坐花主人」，真實姓名不詳。第五回〈百花庵雙尼私獲雋，孤注漢得子更成名〉敘崇禎年間事，第八回〈買媒說合蓋為樓前羨慕，疑鬼驚途那知死後還魂〉被《西湖佳話》輯入為卷十一〈斷橋情跡〉，《西湖佳話》有康熙十二年（西元一六七三年）序，可知《風流悟》成書不會晚於此年。《風流悟》八篇作品皆以男女情事為題材，與明末話本小說《歡喜冤家》同調，但文字較《歡

07　《明史》第二十五，卷二九七，中華書局 1974 年版，第 7610—7611 頁。

第四節 《飛英聲》、《風流悟》及《雲仙嘯》、《驚夢啼》

喜冤家》為雅，第八回更接近才子佳人小說。

「天花主人」著有《雲仙嘯》五篇和拉長的短篇《驚夢啼》。「天花主人」真實姓名待考。《雲仙嘯》第三篇〈都家郎女妝姦婦，耿氏女男扮尋夫〉以明清之際動亂為背景，文中稱吳三桂為「吳平西」，這是康熙十二年（西元一六七三年）吳三桂叛亂之前的稱呼，若寫在此年之後當稱「吳逆」。《驚夢啼》卷首〈竹溪嘯隱序〉云：「《驚夢啼》一說，其名久已膾炙吳門，乙卯秋其集始成，因屬餘為序。」乙卯，康熙十四年（西元一六七五年）。可知「天花主人」是清初吳門（蘇州）地區的小說家。

《雲仙嘯》題旨頗有類似李漁《無聲戲》的地方。第一篇〈拙書生禮斗登高第〉寫科舉，才拙之人反登高第，主流觀點總認為才高方能登第，它偏要作反論。李漁是偏好作反論的。第三篇寫郝士美欲淫別人之妻，結果自己妻倒配給了別人。這種「淫人妻女，妻女亦為人所淫」（《肉蒲團》第二回）的因果報應也正是李漁小說的常談。《驚夢啼》六回演一故事，篇幅近於中篇。它描寫市井中被利欲情欲驅使的小店主夫妻、僧人和富商等人的鬧劇，小店主貪圖錢財居然縱妻與人成奸，僧人沉迷於情色不能自拔，富商懼內卻偏要偷情，小店主之妻沉迷於淫樂，被夢驚悟，遂與丈夫懲治了邪惡的僧人。

第五節　《五色石》、《八洞天》附《快士傳》

　　《五色石》、《八洞天》兩部話本小說專集的作者皆署「筆煉閣主人」，或稱「五色石主人」。孫楷第《中國通俗小說書目》疑「筆煉閣主人」為徐述夔，「以《禁書總目》有『徐述夔《五色石》』知之」[08]。徐述夔原名賡雅，字孝文，江蘇揚州府東臺縣人，乾隆三年（西元一七三八年）舉人。乾隆四十三年（西元一七七八年）徐氏因〈一柱樓詩〉涉嫌詆譏獲罪，被查禁的著作中有《五色石傳奇》一種。案發時徐氏已死，朝廷對此案的處置十分嚴酷，徐述夔及其子徐懷祖被開棺戮屍，其孫徐食田、徐食書斬決，被指為徇縱或辦案怠玩的江蘇布政使陶易及其幕友陸琰也被處死，揚州知府謝啟昆被發往軍臺效力贖罪，東臺知縣涂躍龍杖一百、徒三年，為徐氏寫傳的已故的沈德潛也被革去所有官銜諡典。[09]

　　據兩江總督薩載奏繳徐述夔的著作名單中，只有《五色石傳奇》，不見有《八洞天》和《快士傳》[10]，假若它們都為徐述夔所撰，在那樣恐怖而嚴密的文網下，斷不可能成為漏網之魚。且《八洞天》自序開門見山就說「《八洞天》之作也，蓋亦補《五色石》之所未備也」。《五色石》被查，《八洞天》如何

08　孫楷第：《中國通俗小說書目》，人民文學出版社 1982 年版，第 118、119 頁。

09　詳見《清代文字獄檔》，上海書店出版社 2007 年版，第 597—660 頁。

10　雷夢辰：《清代各省禁書彙考》，北京圖書館出版社 1989 年版，第 84、85 頁。

第五節 《五色石》、《八洞天》附《快士傳》

能逃脫法網？《五色石傳奇》有「傳奇」二字，這樣稱呼，指戲曲為多，不能遽然與小說畫等號。

《五色石》成書大約在康熙初年，《八洞天》補《五色石》之所未備，當在其後，而作者署「五色石主人」的長篇小說《快士傳》則更為晚出。據日本《商舶載來書目》（日本國會圖書館藏）記載，元祿十年（清康熙三十六年，西元一六九七年）進口「《快士傳》一部六本」，此年徐述夔尚未出生。《五色石》八篇作品有五篇的情節含有戰爭動亂元素，雖未標明是明末，但作者以明末清初的現實為經驗進行創作，還是不難看出的。《五色石》卷四《白鉤仙》敘「陝西分防北路總兵士豪克減軍糧，以致兵變，標下將校殺了總兵，結連土賊流民一齊作亂，咸陽一帶地方都被殺掠」。《剿闖小說》寫李自成起事，就因糧餉不濟，總兵壓制不滿的兵士而釀成暴動。《白鉤仙》敘此事發生在成化年間，但史籍並無成化年間陝西兵變的記錄，作者依憑的還是明末的經驗。

五色石，是古代神話所說的女媧煉來補天的石頭。「筆煉閣主人」以此命名他的小說集，是要以小說來補天道（實指世道）之闕。世道之闕，如作者自序所說，指人世間諸多淆亂是非、顛倒黑白之事；善未蒙福，惡未蒙禍；孝而召尤，忠而被謗；赤繩誤牽，紅顏命薄。諸如此類，何可勝數。作者以文代石而補之。「筆煉閣主人」之名亦由此來。

第三章　話本小說的繁榮

　　《五色石》八卷，每卷演述一個故事。八篇作品的主旨是彌補世間缺憾，讓善者有善報，惡者有惡報，才子必定配佳人，使生活在缺憾現實中的讀者，在小說世界裡得到安慰和滿足。八篇作品的主人公，凡善者、智者、情者，皆得到圓滿的結局。卷一〈二橋春〉、卷六〈選琴瑟〉，故事情節模式已是才子佳人小說，只不過是短篇而已。

　　《八洞天》八卷，題旨悉同《五色石》，作者極力編撰「克如人願之逸事」。值得一提的是卷七〈勸匪躬〉，這篇作品敘金國薊州豐潤書生李真，被奸險小人舉報寫有反詩，被判死刑，家產籍沒，妻子入官為奴。其子幸得僕人救出，從仙道學得超凡劍術，刺殺了仇人，又蒙新登基的金世宗為其父昭雪了冤獄。作品讚揚了忠心護持幼主的僕人，但以文字獄為背景的小說，在清初極為少見。康熙二年（西元一六六三年）的《明史》案，緊接其後的《續金瓶梅》案，均由奸險小人舉報，此篇所寫舉報他人而升官發財的米家石正是這類小人的代表。如果撇開平反昭雪的結局，此篇的現實意義是較強的。

　　《快士傳》十六卷，不是話本小說，而是長篇章回小說。署「五色石主人編」，自序末署「五色石主人題於筆煉閣」，可知「五色石主人」也就是「筆煉閣主人」。由於同屬一人之作，故附於此略加介紹。所謂「快士」，指主人公河南開封書生董聞及其盟兄常奇，兩人皆有文武之才，常奇的母舅在「靖難」中為

人所害，報仇殺人入獄，越獄投奔他國，立誓為建文帝及靖難諸臣復仇，遂興師討明。而董聞歷經坎坷獲得功名，與常奇在軍前相會。常奇受董聞勸說，歸順明朝。這英雄傳奇中又有佳人穿插其間，色調因而不至單一。

第六節　《二刻醒世恆言》、《警寤鐘》和《十二笑》

《二刻醒世恆言》二函二十四回，今存雍正四年（西元一七二六年）苐齋主人序刊本下函第一回正文署「心遠主人編次」，「心遠主人」真實姓名不詳。雍正四年（西元一七二六年）刊本不是原刊本，是將舊版重新組合編排挖改後的重印本，原刊當在清初。「心遠主人」另撰有小說《十二峰》（已佚），日本《商舶載來書目》（日本國會圖書館藏）記元祿十三年（清康熙三十九年，西元一七〇〇年）進口「《十二峰》一部四本」，據《中國通俗小說書目》著錄，《十二峰》皆有戊申巧夕西湖寒士序[11]，戊申為康熙七年（西元一六六八年）。

此書題《二刻醒世恆言》，宣示有學步《醒世恆言》之意。確實如此。取材多來源於野史筆記，這是繼承「三言」傳統，與清初話本小說從現實生活中提取故事顯有不同。

《二刻醒世恆言》二十四篇作品道德勸誡之醒世宗旨甚明，

11　孫楷第：《中國通俗小說書目》，人民文學出版社 1982 年新 1 版，第 117 頁。

第三章　話本小說的繁榮

文人氣味濃厚，和《醒世恆言》不在一個文學層次。故事背景標識為明朝或明前各代，但仍有當代意識流露出來。上函第一回〈琉球國力士興王〉敘張良與陳力士在博浪沙行刺秦始皇未果，陳力士逃亡海外琉球建功立國的故事。清初傳奇《雙鎚記》曾搬演這一故事，傳奇作者「看松主人」自序稱該劇「本小說《逢人笑》，演博浪沙力士，誤中副車，以雙鎚投海中，為琉球國女主姊妹各得其一，後招以為婿，故名」[12]。然「心遠主人」完全拋棄陳力士與琉球國女主姊妹的婚姻情節，著重描述陳力士在海外推翻無道國王、治國安民的偉業。寫他刺秦王未遂逃到「閩越地方，經由海口，泛舟東渡」，這樣的敘述，恰似明末清初一些遺民的動向，亦與《水滸後傳》有某些暗合之處。上函第三回〈九烈君廣施柳汁〉敘執掌儒生祿籍的神道九烈君，放任太上真人亂灑柳汁，凡沾上柳汁的人，不論讀書與否、有德無德，皆登仕途，甚至官居極品，五代時郭威、弘肇沾了柳汁，鬧得乾坤顛倒、天下大亂。作者意在抨擊明朝無識無德之文人，「廢壞江山渾不管，釀成禍亂世遭兵」，「壞天下事者，半是經生」。上函第六回〈桃源洞矯廉服罪〉把陶淵明〈桃花源記〉、《孟子·滕文公下》孟子對陳仲子的議論，捏合成一個故事，藉以批評不顧人倫而隱居是虛偽的節操。小說讚揚陶淵明「獨清獨醒，不甘心事二君」，歷史上的陶淵明是隱士而絕非

---

12 《傳奇匯考》卷三，書目文獻出版社 1994 年版，第 223 頁。

第六節 《二刻醒世恆言》、《警寤鐘》和《十二笑》

遺民，作者未必不知，如此虛擬，當然是針對現實。

《二刻醒世恆言》二十四篇作品，寫士人、官宦居多，其次才是商人財主，市井故事很少。下函第十一回〈申屠氏報仇死節〉據馮夢龍《情史》卷一〈申屠氏〉編撰，明末《石點頭》第十二回〈侯官縣烈女殲仇〉講述的也是申屠氏的故事，比較起來，《二刻醒世恆言》的敘事遠不及《石點頭》的周密細膩、張弛有度和形象生動。

《警寤鐘》四卷，署「嗤嗤道人編著」。「嗤嗤道人」還著有長篇章回小說《催曉夢》二十回和《五鳳吟》二十回。《警寤鐘》四卷，每卷一篇作品。每卷有一個七字「總綱」，實為篇題。每篇分四回，每回有七字回目。小說篇幅已接近中篇。話本小說的這種體制在清初已不足為奇。卷四所寫海烈婦實有其人，海烈婦自殺於康熙六年（西元一六六七年）正月二十七日，「三吳墨浪仙主人」《百煉真海烈婦傳》演繹成長篇小說。《警寤鐘》稱海烈婦為「現在不遠的事」，可知其成書距離康熙六年（西元一六六七年）不遠。此書萬卷樓刊本內封題「戊午重訂新編」，「戊午」當為康熙十七年（西元一六七八年）。

《警寤鐘》每篇入話都是正話主題的申說，可以說是一段宣教短文。卷一〈骨肉欺心宜無始〉講「悌」，卷二〈陌路施恩反有終〉講「義」，卷三〈杭逆子泥刀遭臭〉講「孝」，卷四〈海烈婦米榔流芳〉講「節」。四篇作品的主人公都是社會底層

第三章　話本小說的繁榮

人物。卷一的石堅節被兄長逐出，當過和尚，做奴僕因發憤讀書，被主人賞識，科考成名做了官，竟捐棄前嫌，救助了陷入困境的兄長。卷二的小偷「雲裡手」，偷竊中仗義行善，被官府薦至京師考選授職，並獲美滿婚姻。卷三的杭童是一名腳夫，溺愛其女，卻肆意虐待寡母，一日其母疏忽致使其女被沸水燙死，其母逃至關帝廟，杭童追到廟中將母砍死，廟中泥塑之周倉竟然舉刀劈死逆子。卷四的烈婦海氏是一位窮書生的妻子，抗拒奸人玷汙自縊身亡。四篇作品道德說教意味濃厚，但故事本身卻比較真實地反映了市井小民的生活狀況。

與《警寤鐘》風格相近的有《十二笑》十二篇，殘存六篇。作者署「墨憨齋主人」。「墨憨齋」為馮夢龍書齋名。回前署「亦臥廬生評、天許閒人校」，「天許齋」曾刊刻馮夢龍的《古今小說》。今存寫刻本內封「郢雪」之識語曰：「墨憨著述，行世多種，為稗史之開山，實新言之宗匠，名傳鄴下，紙貴洛陽。茲刻尤發奇藏，知音幸同珍賞。意味深長，勿僅以笑談資玩也。」似乎此書為馮夢龍所作。其實不然。本書卷首「墨憨齋主人」《笑引》鈐有「子猶後人」的印章，「子猶」是馮夢龍別號，這明示「墨憨齋主人」是馮夢龍後人。且此書第二笑的第二個故事開頭云「說在明末時」，顯為清代人口吻，馮夢龍去世在順治三年（西元一六四六年），絕不可能如此說話。

《十二笑》的體制與眾不同，不分卷回，以「笑」代替卷

或回，每一笑都有「編目」，編目有七八字不等的標題，標題下有題解。例如「第一笑」編目：癡愚女遇癡愚漢，題解：「墨憨云：土木形骸罔知生趣，視彼泥人等無有異，借因說法，指第一義。喚醒癡愚，回頭思味。」此書今僅存第一至第六笑，寫世間蠢事，如貪淫、嗜賭、舐子、欺騙等，旨在以笑喚醒天下可笑之人。思想平庸，文筆鈍拙，在清初話本小說中尚不能入流，豈可歸於馮夢龍名下。

第七節　《生綃剪》、《珍珠舶》、《西湖佳話》等

《生綃剪》十九回，第一、二回演述一個故事，其他諸回皆每回一個故事，故十九回實為十八篇話本小說。此書署名也頗獨特，署有十五個不同名號：谷口生、籬隱君、鐵舫、浮萍居士、白迂、舊劍堂、嘯園、一漁翁、不解道人、鈍庵、甕庵子、有硯齋、卷石草庵、無無室、抱龍居士。《弁語》末署「谷口生漫題於花幔樓中」，目錄頁題「花幔樓批評寫圖小說生綃剪」，署「集芙主人批評、井天居士校點」。令人眼花繚亂的署名，也許其實就是一個人，惜真實姓名無從考知。此書有圖十九幅，記有刻工黃子和的名字。黃子和是徽州人，為《清夜鐘》刻過插圖，可證此書與《清夜鐘》為同一時期作品。第十一回〈曹十三草鼠金章，李十萬恩山義海〉提到朝廷舉巨集詞博學，舉巨集詞博學在康熙十八年（西元一六七九年），則此

第三章　話本小說的繁榮

書之成，大約在此年之後不遠，黃子和刻《清夜鐘》圖在順治初年，一個刻工的工作大概不會超過三四十年。《生綃剪》大多寫明朝發生的故事，士、農、工、商皆有敘及，著重描畫世態人情，勸誡意味濃厚。

「煙水散人」徐震著有小說多種，《珍珠舶》是他所作的唯一的話本小說集。〈珍珠舶序〉稱，此著皆「搜羅閭巷異聞」而成，並不依傍野史筆記的現成文字，雖「鑿空架奇，事無確據」，但「實有針世砭俗之意」。全書六卷十八回，每卷，也就是三回演一故事。卷三提到主人公的姑母住在石門縣，石門縣原名崇德縣，康熙元年（西元一六六二年）改名為石門，所以，此書之成不會早於康熙元年。

《珍珠舶》「針世砭俗」，重在描寫世態人情，但並不說教。如卷一敘小商人趙相的母親和妻子被惡鄰居引誘成奸，姦情暴露，惡鄰居被懲，趙相並未休棄「身辱名毀」的妻子，「天理報應」，娶來之妾竟是那惡鄰居之妻。卷四寫書生謝賓與杜小姐未婚而私會，後遇甲申之亂，杜小姐被嚴將軍納為姬侍，當嚴將軍得知二人關係時，即令二人團圓成為夫妻。才子佳人略無貞操觀念。《珍珠舶》的格調和趣味與《歡喜冤家》相仿。

《西湖佳話》十六卷，作者署「古吳墨浪子」，真實姓名不詳。此書卷首〈序〉署時「康熙歲在昭陽赤奮若孟春陬月望日」，即康熙十二年（西元一六七三年）正月十五日。這是一

第七節 《生綃剪》、《珍珠舶》、《西湖佳話》等

部較為特別的話本小說集。它所敘說的都是與西湖有關的人文故事,較之明末的《西湖二集》,更多一些方志的色彩。此書金陵王衙藏板本版刻精美,有西湖全圖及西湖佳景十圖,五色套印,為小說版本中所罕見者。全書十六卷,每卷一篇故事,大多據別書舊文編輯。卷七〈岳墳忠跡〉據《宋史》卷三六五岳飛本傳略加鋪衍,卷九〈南屏醉跡〉選錄自小說《醉菩提》,卷十一〈斷橋情跡〉選錄自《風流悟》第八回,卷十四〈梅嶼恨跡〉選錄自小說《女才子書》卷一〈小青〉,卷十五〈雷峰怪跡〉選錄自《警世通言》卷二十八〈白娘子永鎮雷峰塔〉等。與明末話本小說《西湖二集》相比,其原創性就要遜色得多。

《跨天虹》五卷,每卷演一故事,卷分四則。卷一、卷二不存,卷三缺第一、二則,卷四、卷五完整。署「鵞林斗山學者初編,聖水艾衲老人漫訂」。「鵞林」指杭州靈隱之靈鵞峰(飛來峰),代指杭州,作者當為杭州人;校訂者「艾衲老人」即《豆棚閒話》作者。此書今存之三卷,皆敘男女姻緣及家庭情事,因果報應觀念較濃,與《豆棚閒話》的思想趣味及敘事風格相去甚遠。

《金粉惜》殘本七篇,為〈鴛鴦池〉、〈胭脂虎〉、〈選婿樓〉、〈虎結緣〉、〈蠢東西〉、〈菜作崇〉、〈清照亭〉。殘本為孤本,原為日本學者長澤規矩也舊藏,今已不知去向。北京故宮博物院藏有滿文本,然尚待翻譯。

第四章

李漁的話本小說

第四章　李漁的話本小說

　　清初話本小說的代表作家是李漁，其代表作是《無聲戲》和《十二樓》。他的話本小說在素材上完全擺脫了對野史筆記及民間「說話」的依賴，直接從現實生活中汲取原料並提煉情節，甚至把自己的靈魂熔鑄在小說人物形象之中。從馮夢龍的《三言》、凌濛初的《二拍》，到清初的李漁作品，本由「說話」出身的話本小說完成了它的文人化過程。

第一節　李漁的人生哲學和創作理論

　　李漁（西元一六一一至西元一六八〇年），原名仙侶，後改名漁。字謫凡，一字笠鴻，號笠翁、笠道人、新亭客樵、覺世稗官等。浙江蘭溪人。自幼隨父居住在雉皋（今江蘇如皋），父親、伯父都在雉皋行醫，家境富饒。崇禎二年（西元一六二九年）其父去世不久，李漁回到蘭溪。崇禎八年（西元一六三五年）應童子試，獨以五經見拔。崇禎十年（西元一六三七）入金華府庠。崇禎十二年（西元一六三九年）應鄉試，未中。三年後赴杭州應試途中聞戰亂警訊而罷。明清易代的動亂擊碎了他的功名美夢。兵燹之中，李漁和家人避居蘭溪，逃入深山。順治三年（西元一六四六年）清軍攻克金華，局勢平穩後回到家鄉。順治八年（西元一六五一年）遷居杭州，居杭十年以賣文刻書為業，創作了大量的戲曲和小說作品。傳奇有《玉搔頭》、《憐香傳》、《意中緣》、《風箏誤》等，小說有《無聲

戲》、《十二樓》、《肉蒲團》等。

　　居杭期間，李漁得到地方權貴的蔭庇，《無聲戲》的付梓，大概就獲得浙江布政使張縉彥的資助。《無聲戲二集》中有一篇描述張縉彥在明清鼎革中的傳奇經歷。李自成攻入北京，時任明朝兵部尚書的張縉彥在朝房自縊未死，不得已投降李自成，旋即又到清軍前納款，被清朝委以重任。小說稱張縉彥為「不死英雄」。順治十七年（西元一六六〇年）八月，有朝臣彈劾張縉彥編刊《無聲戲二集》自我宣傳，「冀以假死塗飾其獻城之罪，又以不死神奇其未死之身」，大有「欲使亂臣賊子相慕效」[01]之意。十一月獄定，雖寬免一死，卻籍沒，流徙寧古塔。此案背景複雜，《無聲戲二集》只是拿來抨擊的藉口，故未牽連李漁，但李漁之惶恐亦可想而知。他移家南京，在〈與趙聲伯文學〉信中稱：「弟之移家秣陵也，只因拙刻作祟，翻板者多，故違安土重遷之戒，以作移民就食之圖。」[02]其實，遷居南京並不能杜絕盜版，這大概只是一種托詞，很大可能是懾於文字獄而避離是非之地。

　　李漁在南京營建芥子園居所，以芥子園為書坊名號刊刻了一些頗有影響的圖書。他還組織家庭戲班，姬妾登場演出，寓居南京十七年間，率戲班遊走全國各地，「三分天下幾遍其

01　《清史列傳》卷七十九《貳臣傳》，中華書局影印本 1983 年 2 月第 3 版。

02　《李漁全集》卷一，浙江古籍出版社 1992 年版，第 167 頁。

第四章　李漁的話本小說

二」[03]。獻演的對象主要是豪門貴冑，由是結交了施閏章、魏裔介、龔鼎孳、尤侗等當世名流。康熙十六年（西元一六七七年）由南京遷回杭州，得浙中當道之助，在西湖雲居山東麓建得層園，三年後卒於此園。

李漁從傳統士人科舉道路逸出，以畢生精力從事小說戲曲創作和圖書刻板印行，既是一位文化商人，又是小說家和戲曲家。小說向來被視為末流小道，編演戲曲，翹望達官貴人賞賜，被世人視之為乞討。科舉時代的士子選擇這條人生之路，註定會招致物議。他不憚世人譏訕，幾十年孜孜不倦，無怨無悔地走下去，不能不說多少有點離經叛道的意味。

如果放在明清鼎革的時代背景之下，他的選擇更有一點不願做新朝奴才之意。他的話本小說《乞兒行好事，皇帝做媒人》有言：「至於亂離之後，鼎革之初，乞食的這條路數，竟做了忠臣的牧羊國、義士的采薇山，文人墨客的坑儒漏網之處。凡是有家難奔、無國可歸的人都托足於此。」李漁向來以「終年托缽」乞丐自嘲，這段話就透露出他選擇道路的想法。當然，作為明朝諸生的李漁，並沒有想做明朝的忠臣和義士，他只是不想端清朝的飯碗，保留一點明朝諸生的自尊而已。

明清鼎革，最考驗明朝士大夫的是名節的問題。李漁沒有去做烈士，也沒有去應新朝的科舉，他對於名節持中庸的態度：

03　李漁：〈上都門故人述舊狀書〉。《李漁全集》卷一，浙江古籍出版社 1992 年版，第 224 頁。

第一節　李漁的人生哲學和創作理論

「論人於喪亂之世，要與尋常的論法不同，略其跡而原其心，苟有寸長可取，留心世教者，就不忍一概置之。古語云：『立法不可不嚴，行法不可不恕。古人既有誅心之法，今人就該有原心之條。』」（《十二樓》卷十一〈生我樓〉）《十二樓》卷十〈奉先樓〉寫了一個舒娘子，戰亂中被「賊兵」擄去，她剛剛生了兒子，若守節一死，舒家的一線血脈便戛然斷絕，故犧牲「貞節」而保全舒家宗祧有嗣。她後來又被清兵將軍搶得納為夫人，但她仍忍辱將舒家兒子養大。李漁認為這是明智的選擇，亂世中應當臨時變通，不可拘一而論。當時一些貳臣如張縉彥、龔鼎孳之流，都聲稱為了延續「國脈」才違心地投降李自成的，李漁與他們交好，固然有向他們求得衣食、庇護之動機，但主要還是依據了這個「原心之條」。

　　對待天理與人欲，李漁同樣秉持中庸之道，既不贊成放蕩風流，也不屑於道學家的迂板執拗。《十二樓》卷一〈合影樓〉就寫了一位道學家管提舉，為了杜絕女兒與鄰家男子有見面的可能，在與鄰家共有的水池上砌一堵高牆，但水面相通，男女通過水面照影互通情愫，牆垣阻隔不了愛情。李漁說：「終日不見可欲，而遇之一旦，其心之亂也，十倍於常見可欲之人。不如日在可欲中與此輩習處，則是司空見慣矣。」[04] 李漁筆下的

04　李漁：《閒情偶寄·頤養部》。《李漁全集》卷三，浙江古籍出版社 1992 年版，
　　第 339 頁。

第四章 李漁的話本小說

管提舉對人欲採取封堵和壓制的舉動，愚不可耐，可笑之極；那位中庸的路公，既不道學，也不風流，大概就是李漁哲學的化身。

李漁於戲曲寫過《閒情偶寄》的理論著作，關於小說則未見他有同類之專論。戲曲和小說是不同的藝術門類，各有自己的藝術規律。但戲曲與小說都是以再現生活場面的方式來表達作者的愛憎，在刻畫人物編織情節等方面有相通之處。所以李漁稱小說為無聲的戲曲，亦如有些作者為小說命名為「紙上春臺」、「筆梨園」一樣。《閒情偶寄》所總結的戲曲創作經驗，在一定意義上也適用於小說。

小說的文學地位和社會地位，向來被貶得很低，主流輿論對小說持鄙夷不屑的態度。李漁卻不以為然，他說：「能於淺處見才，方是文章高手。施耐庵之《水滸》、王實甫之《西廂》，世人盡作戲文、小說看，金聖歎特摽其名曰『五才子書』、『六才子書』者，其意何居？蓋憤天下之小視其道，不知為古今來絕大文章，故作此等驚人語以摽其目。」[05] 他認為小說戲曲與史傳詩文相比，絕對不是末技，不存在孰高孰低的問題，俗文學與雅文學「同源而異派也」[06]。

---

05 《閒情偶寄》卷一。《中國古典戲曲論著集成》第七冊，中國戲劇出版社 1959 年版，第 28 頁。

06 《閒情偶寄》卷一。《中國古典戲曲論著集成》第七冊，中國戲劇出版社 1959 年版，第 8 頁。

第一節　李漁的人生哲學和創作理論

　　虛妄、無根之談，是用來責難小說戲曲的常用之語。李漁認為小說戲曲是空中樓閣，「凡閱傳奇而必考其事從何來，人居何地者，皆說夢之癡，人可以不答者也」[07]。小說戲曲所演之事不必是生活實有，但「人情物理」卻來不得半點虛假，故而提出「戒荒唐」的命題。「凡說人情物理者，千古相傳；凡涉荒唐怪異者，當日即朽」[08]。所謂「人情物理」，是高於個別事實真實的一般真實。他說：「傳奇無冷、熱，只怕不合人情。如其離、合、悲、歡，皆為人情所必至，能使人哭，能使人笑，能使人怒髮衝冠，能使人驚魂欲絕，即使鼓板不動，場上寂然，而觀者叫絕之聲，反能震天動地。」[09] 所謂「人情物理」，還指藝術形象的個性真實，「情乃一人之情，說張三要像張三，難通融於李四」，即使是寫景，也要寫出不同人物眼中之景，他舉《琵琶記》中寫月，「牛氏有牛氏之月，伯喈有伯喈之月。所言者月，所寓者心。牛氏所說之月可移一句於伯喈，伯喈所說之月可挪一字於牛氏乎？夫妻二人之語，猶不可挪移，混用況他人乎」[10]。

07　《閒情偶寄》卷一。《中國古典戲曲論著集成》第七冊，中國戲劇出版社 1959 年版，第 20、21 頁。

08　《閒情偶寄》卷一。《中國古典戲曲論著集成》第七冊，中國戲劇出版社 1959 年版，第 19 頁。

09　《閒情偶寄》卷四。《中國古典戲曲論著集成》第七冊，中國戲劇出版社 1959 年版，第 76 頁。

10　《閒情偶寄》卷一。《中國古典戲曲論著集成》第七冊，中國戲劇出版社 1959 年版，第 26、27 頁。

第四章　李漁的話本小說

　　在編織情節方面，李漁提出「脫窠臼」、「立主腦」、「密針線」的主張。「脫窠臼」就是要求故事情節要擺脫常套。他說「吾觀近日之新劇，非新劇也，皆老僧碎補之衲衣，醫士合成之湯藥，取眾劇之所有，彼割一段，此割一段，合而成之—即是一種傳奇，但有耳所未聞之姓名，從無目不經見之事實」[11]。故事情節之創新，在他的戲曲小說作品中表現得非常突出。對此他很自信，「若稗官野史則實有微長，不效美婦一顰，不拾名流一唾，當世耳目，為我一新」（《一家言全集》卷三〈與陳學山少宰書〉）。他的小說，故事情節也許尖新至失之纖巧，但決無落入窠臼的毛病。他的「脫窠臼」之說，在清初才子佳人小說公式化的風氣中，更有其現實意義。

　　「立主腦」，是情節的結構法則。他說：「古人作文一篇，定有一篇之主腦。主腦非他，即作者立言之本意也。傳奇亦然。一本戲中，有無數人名，究竟俱屬陪賓；原其初心，止為一人而設，即此一人之身，自始至終，離、合、悲、歡，中具無限情由，無窮關目，究竟俱屬衍文；原其初心，又止為一事而設。此一人一事，即作傳奇之主腦也。」[12] 他還用營造一所房舍打比方，何處建廳，何方開戶，棟需何木，梁用何材，都必須在動筆之前設計妥帖。

11　《閒情偶寄》卷一。《中國古典戲曲論著集成》第七冊，中國戲劇出版社 1959 年版，第 15 頁。

12　《閒情偶寄》卷一。《中國古典戲曲論著集成》第七冊，中國戲劇出版社 1959 年版，第 14 頁。

「密針錢」指情節和細節都必須做到天衣無縫。「編戲有如縫衣，其初則以完全者剪碎，其後又以剪碎者湊成。剪碎易，湊成難。湊成之工，全在針錢緊密；一節偶疏，全篇之破綻出矣。每編一折，必須前顧數折，後顧數折。顧前者，欲其照映；顧後者，便於埋伏。照映、埋伏，不止照映一人，埋伏一事，凡是此劇中有名之人，關涉之事，與前此、後此所說之話，節節俱要想到。寧使想到而不用，勿使有用而忽之。」[13]

李漁批評高則誠《琵琶記》的針線不密，伯喈中狀元三年，家人竟不知；身贅相府卻不能遣人告之父母妻子；趙五娘千里尋夫竟單身獨行；五娘剪髮亦不合情理等。情節要合理，細節要真實，對於敘事文學的戲曲小說的創作，的確是非常重要的法則。

第二節　《無聲戲》一、二集及《連城璧》

順治年間，李漁作《無聲戲》，旋即又作《無聲戲二集》。兩書銷量很好，又曾從兩部集子中選出部分作品編為《無聲戲合集》。

《無聲戲》十二回，今存順治間寫刻本。首有〈無聲戲序〉，末署「偽齋主人漫題」，鈐有「偽齋主人」、「掌華陽

13　《閒情偶寄》卷一。《中國古典戲曲論著集成》第七冊，中國戲劇出版社 1959 年版，第 16 頁。

第四章　李漁的話本小說

兵」兩枚印章。作序的「偽齋主人」究竟是何人氏，現尚無確考。疑為時任浙江左布政的張縉彥。因為張氏於弘光朝覆亡後曾率軍在安徽華陽山抗清。「掌華陽兵」或此之謂。此外，張縉彥被劾編刊《無聲戲》，也有為之作序的可能。此書正文有眉批、行間夾批和回末總評。點評者「睡鄉祭酒」杜濬（西元一六一一至西元一六八七年），字於皇，號茶村，別署鐘離濬水、睡鄉祭酒等，湖北黃岡人。著名遺民詩人。著有《變雅堂集》等。

《無聲戲》十二回，每回演述一個故事，目次如下：

第一回醜郎君怕嬌偏得豔
第二回美男子避惑反生疑
第三回改八字苦盡甘來
第四回失千金禍因福至（正文標目為「失千金福因禍至」）
第五回女陳平計生七出
第六回男孟母教合三遷
第七回人宿妓窮鬼訴嫖冤
第八回鬼輸錢活人還賭債
第九回變女為兒菩薩巧
第十回移妻換妾鬼神奇
第十一回兒孫棄骸骨僮僕奔喪
第十二回妻妾抱琵琶梅香守節

回目每兩回為對偶句，這種形式首見於明末話本小說《西湖

第二節　《無聲戲》一、二集及《連城璧》

二集》、《石點頭》等，《無聲戲》的創新在於不僅兩回回目對偶，而且兩回的旨意也存在著某種關聯。

十二篇作品的題材均來自生活，造意新奇。譬如佳人美女配了醜夫愚漢，如《西湖二集》卷十六的朱淑真嫁給金罕貨，猶如墮落在十八層阿鼻地獄，怨天怨地，只能賦詩遣悶，二十二歲鬱鬱而死，是人生絕大的悲劇。本書第一回寫美女嫁了醜夫，夫婦居然相安，結局美滿，將一個沉重的話題演繹成輕鬆的喜劇。回末杜濬總評說：「此書一出，可使天下無反目之夫妻，四海絕窺牆之女子。教化之功，不在〈周南〉、〈召南〉之下，豈可作小說觀。」夫妻錯配，本是封建時代婚姻的常態，所謂才子配佳人，基本上是古代人們的幻想。李漁對於現實採取隨遇而安的態度，他把這種不合理的婚配寫得和諧美滿，是在撫慰生活在不幸婚姻中的人們的痛苦，「教化之功」確不可沒。

第一、二回都寫婚配，如作者所說，第一回寫「處常」，第二回寫「處變」。第二回中的才子本來婚定的是醜女，佳人婚定的是醜男，一場冤屈的官司打破了原訂的婚配，倒撮合了才子與佳人的結合。不過此篇的重點在寫一樁冤案，寫釀成冤案的「清官」的偏執，作者認為貪官有藥可醫，清官的過失卻無人敢諫，清官若剛愎自用，為害更甚於貪官。這種見解的小說表達，要比《老殘遊記》早出兩百多年。

第四章　李漁的話本小說

　　第三、四回所敘故事由「命」和「相」相連。第三回蔣成的「八字」不好，第四回秦世芳「命相」不好，八字命相皆由天生，故而生活艱難，挫折不斷。這兩位卻矢志為善，感動了天地，改了他們的八字和命相，終於發跡變泰。兩篇作品迷信和說教氣味濃厚，但構思奇巧，敘事流暢。第三回對官府衙門敗壞的描寫入木三分，若要進衙門當差，「先要吃一服洗心湯，把良心洗去；還燒一分告天紙，把天理告辭」，蔣成正是沒有這樣做，做事還有良心和天理，所以弄得不像個皂隸，倒成了襤褸齷齪的乞丐。第四回寫到海外貿易，多少反映了明末商業發展的一些實情。

　　第五、六回以守節為話題。第五回寫在動亂中被「流賊」擄去的耿二娘，用巧計保住了自己的貞操並懲治了「流賊」。第六回講同性「夫妻」，夫死而「妻」為之守節撫孤的故事。第五回讚揚耿二娘的機智，卻客觀上暴露了封建社會男人的自私、怯懦和卑劣。「流賊」來了，這些丈夫們撇下妻子逃命，卻要求妻子做烈女貞婦。失去保護的弱女子或者被汙，或者自盡，獨耿二娘以陳平般的智謀，既維護了貞操，又保全了性命。第六回對同性戀者許季芳的性心理進行了細緻和真實的刻畫，作者認為同性相戀是「三綱的變體，五倫的閏位」，既不欣賞，也未進行道德撻伐。

　　第七、八回的主旨是戒嫖戒賭。李漁筆下的青樓妓女皆虛

第二節 《無聲戲》一、二集及《連城璧》

情假意，專以騙取嫖客的錢財為事。絕無《繡襦記》、《西樓記》兩部傳奇中李亞仙、穆素徽那樣的妓女，勸天下人不要看了這兩本風流戲文，便去青樓學做鄭元和、于叔夜。第八回寫富家子弟如何被人騙入賭局不能自拔，輸掉所有田產屋業，將父母氣死。這兩篇作品寫被騙者死後冤氣難消，或陰魂出來申冤，或化為厲鬼報仇，借用因果報應來警誡開妓院、設賭場者。

　　第九、十回表現家庭問題。第九回寫一個暴發戶年近六旬，尚無子嗣，偌大家財，後繼無人。菩薩指示他，散去七八分家私方可得子。他一反常態去做慈善，散去二分家私，侍妾便有了身孕。他以為大功告成，停止施捨，結果生出了一個不男不女的孩子。他再求菩薩指點，方知未達到慈善指標之故，於是發狠散財，孩子變成男兒，後來進學做官，家道更加興旺。揶揄貪婪的暴發戶，不無幽默。第十回敘妻妾爭鬥。一夫多妻制度下，妻妾不和是常態。此篇把妻妾不和歸之為「吃醋」。情節奇巧的是，小妾吃大妻的醋。此篇開頭一段婦人吃醋之論，是作者自家一夫多妻生活經驗的總結，也是他中庸人生哲學的經驗發揮。

　　第十一、十二回是頗有寓意的兩篇作品。第十一回敘寫一個商人在異鄉病危待斃，他的兒子和孫子在家鄉為爭奪遺產鬧得不可開交，倒是家中的一個奴僕名叫百順的千里奔喪，給老主人料理了後事。作者感嘆「國難見忠臣」，稱讚奴僕百順可以

第四章　李漁的話本小說

和《警世通言》中輔佐主母孤兒的徐阿寄一樣流芳百世[14]。兒孫棄骸骨，僅僅奔喪，作者把奴僕百順比作國亂之忠臣，是有深意存焉。篇末引用《孟子·滕文公下》中「知我者其唯《春秋》乎！罪我者其唯《春秋》乎！」點明此篇用了《春秋》筆法。甲申之變，為崇禎皇帝發喪舉哀者為滿人，而滿人一向被視為夷狄，所以杜濬於此回總評說：「作小說者非有意重奴僕，輕子孫，蓋亦猶《春秋》之法。夷狄進於中國，則中國之；中國入於夷狄，則夷狄之。知《春秋》褒夷狄之心，則知稗官重奴僕之意矣。」第十二回寫夫死妻妾改嫁，反倒是地位低於侍妾的通房丫頭為丈夫守節撫孤。作品特意描寫妻妾在活著的丈夫面前唱高調，自詡為保守貞節的女中義士，一旦聞夫死訊，卻立即棄子嫁人。作者借此暗喻那些在明清易代中的貳臣，明朝存在之時，個個都是高談忠孝節義的碩儒顯宦，一旦明朝覆亡，又都到新朝做官去了。正如杜濬回末總評所言：「跡此推之，但凡無事之時，嘵嘵然自號於人曰『我忠臣孝子義夫節婦』，其人者，皆有事之時之亂臣賊子姦夫淫婦之流也。」[15]

　　《無聲戲二集》原本已佚，今殘存六回，見於《連城璧全集》和《連城璧外編》。《無聲戲二集》原本之亡佚，與順治

14　李漁此處記憶有誤。徐阿寄的故事見於《醒世恆言》第三十五卷〈徐老僕義憤成家〉。

15　杜濬（睡鄉祭酒）評語，《古本小說叢刊》第三十九輯《無聲戲》影印本，中華書局 1991 年版。

第二節 《無聲戲》一、二集及《連城璧》

十七年（西元一六六○年）一件朝廷大案有關。此案之由來，是順治十四至十六年間，鄭成功進軍浙江、江蘇，一度兵臨南京城下。江南遺民和那些變節的貳臣如錢謙益之流，皆與鄭成功聯絡，清朝在江南的統治大有動搖之勢。但鄭成功被擊退，朝廷深感貳臣之不可靠，開始加以整肅。順治十七年文華殿大學士劉正宗獲罪，曾任明朝兵部尚書的張縉彥被舉報，說他給劉正宗詩集寫序，稱劉氏為「將明之才」，經查，序文中並無此語，於是又有人指張縉彥編刊《無聲戲二集》用心險惡：「縉彥仕明為尚書，闖賊至京，開門納款，猶曰事在前朝，已邀上恩赦宥。乃自歸誠後，仍不知洗心滌慮。官浙江時，編刊《無聲戲二集》，自稱『不死英雄』，有『吊死在朝房，為隔壁人救活』云云，冀以假死塗飾其獻城之罪，又以不死神奇其未死之身。臣未聞有身為大臣擁戴逆賊、盜竊宗社之英雄。且當日抗賊殉難者有人，闔門俱死者有人，豈以未有隔壁人救活遜彼英雄？雖病狂喪心，亦不敢出此等語，縉彥乃筆之於書，欲使亂臣賊子相慕效乎？」[16]

　　張縉彥在鼎革中的傳奇經歷被寫在《無聲戲二集》的一篇作品中，大約不虛，張縉彥在浙江任上襄助了《無聲戲》的編刊大概也是事實，但由他「筆之於書」則大為冤枉。「欲使亂臣賊子相慕效」，在當時的背景下，這個罪名了不得。經王大臣

---

16 《清史列傳》卷七十九《貳臣傳乙》，中華書局影印本，1983 年 2 月第 2 版。

第四章　李漁的話本小說

會鞫，論斬，順治帝免其死，籍其家，流徙寧古塔。張縉彥不久便死於徙所。《無聲戲二集》捲入此案，自然不能不消失。此書按《無聲戲》和《十二樓》的體例，大約也是十二回。今存的《連城璧全集》和《連城璧外編》，共十八回[17]，除掉與《無聲戲》十二篇相同的，剩下的六篇應該就是《無聲戲二集》原有的作品。其篇目為：

> 〈譚楚玉戲裡傳情，劉藐姑曲終死節〉（《連城璧全集》第一回）
> 〈乞兒行好事，皇帝做媒人〉（《連城璧全集》第三回）
> 〈妒妻守有夫之寡，懦夫還不死之魂〉（《連城璧全集》第七回）
> 〈寡婦設計贅新郎，眾美齊心奪才子〉（《連城璧全集》第九回）
> 〈女子守貞來異謗，朋儕相謔致奇冤〉（《連城璧全集》第十二回）
> 〈說鬼話計賺生人，顯神通智恢舊業〉（《連城璧外編》卷三）

以上六篇作品為《無聲戲二集》所有，根據是：一、馬隅卿舊藏《無聲戲合集》（十二回）殘存二回之第一回〈譚楚玉戲裡傳情，劉藐姑曲終死節〉，第三頁板心題「無聲戲一集」，那「一」字為削去「二」字一筆而成，證明它原是《無聲戲二集》的作品。二、《連城璧全集》第十二回〈女子守貞來異謗，朋儕相謔致奇冤〉回末總評有云：「《無聲戲》之妙，妙在回回都是說人」，此回不在《無聲戲》十二回中，可知為《無聲戲

17　《連城璧全集》、《連城璧外編》影印本。參見《古本小說叢刊》第二十輯，中華書局 1991 年版。

二集》作品。三、順治十七年張縉彥案發之前,《無聲戲》前後二集曾有兩個選本:《無聲戲合集》和《無聲戲合選》。前者卷首杜濬(睡鄉祭酒)〈序〉稱,此本是從前後二集中,「稍可撙節者必為逸去,其意使人不病高價,則天下之人皆得見其書」[18]。張縉彥案發之後,此本改名《連城璧全集》,用原板經挖改後刷印。另一選本《無聲戲合選》殘存九回,回目、回序與《無聲戲合集》不完全相同。兩部選本的作品,均在《連城璧全集》和《連城璧外編》的十八篇作品範圍之內。

〈譚楚玉戲裡傳情,劉藐姑曲終死節〉敘落魄書生譚楚玉為追求戲班女旦劉藐姑,投入戲班唱戲,兩人心意相投,卻只能在戲臺上做戲傳情。按戲班規矩,兩人絕無結合之可能,絕望中雙雙投水殉情。不料兩人被漁翁救起,竟結為夫妻。譚楚玉科舉成名,夫榮妻貴,後隱於山林。這個似才子佳人又非才子佳人的故事,在小說中沒有類同者。此篇對戲班的生活和規矩,描述得細膩真切,也十分難得。故事中救助譚楚玉並導引他隱居的漁翁,多少有點李漁的影子。

〈乞兒行好事,皇帝做媒人〉是李漁有感於明清鼎革時事之作。乞兒「窮不怕」,卻仗義疏財,解人之困,李漁表彰這位乞兒的原因,如此篇「入話」所說,甲申之變,「凡是有些血性的男子,除死難之外,都不肯從賊。家亡國破之時,兵荒馬亂之

18　孫楷第:《日本東京所見小說書目》,人民文學出版社 1958 年版,第 172 頁。

第四章　李漁的話本小說

際，料想不能豐衣足食，大半都做了乞兒」，乞兒倒是有氣節有操守，並且舉南京失守時在百川橋投水殉國的乞兒為證。李漁說的這位殉國的乞兒不是虛構，他叫馮小瓚，他自盡所題之詩曾盛傳一時。這篇小說描寫講義氣的乞丐，頗有作者自喻之意。

〈妒妻守有夫之寡，懦夫還不死之魂〉敘一位鄉宦設計幫助一位懼內的丈夫馴服妒婦悍妻的故事，情節一波三折，是一部幽默的喜劇。此篇與《無聲戲》第十回為同一主題的變奏。〈寡婦設計贅新郎，眾美齊心奪才子〉也有喜劇色彩，寫五位佳人爭嫁一個才子。李漁又把它改編成戲曲《鳳求鳳》（一名《鴛鴦賺》）。〈女子守貞來異謗，朋儕相謔致奇冤〉敘朋友玩笑釀成一樁家庭疑案，幸得一位清醒聰明的官員虛衷審鞫，原情度理，明斷了此案，使一對反目的夫妻恢復了往日的恩愛。李漁在此篇告誡官府，斷案要虛心體察情理，不可造次用刑，「重刑之下，必少真情；盛怒之時，決多冤獄」，審斷家務，更要有調和的手段。〈說鬼話計賺生人，顯神通智恢舊業〉寫一位聰明精細的女子顧雲娘填房嫁了一個昏庸的丈夫，丈夫原有豐厚的家產，與已故的髮妻混沌度日，家產被奴僕騙占殆盡。顧雲娘偵知實情，假借鬼神報應取得奴僕隱藏的財物，恢復了舊業。此篇中的顧雲娘與《無聲戲》第五回的耿二娘，都是有識見、敢作為的機智女子形象。

第三節　《十二樓》

　　李漁繼《無聲戲》二集之後，又作《十二樓》十二卷

　　《十二樓》卷六杜濬（睡鄉祭酒）回末總評提到《無聲戲》第六回《男孟母教合三遷》尤瑞郎，可知成書在《無聲戲》之後。《十二樓》又名《覺世名言》。署「覺世稗官編次，睡鄉祭酒批評」，首有「順治戊戌（順治十五年，西元一六五八年）中秋日鐘離濬水」〈序〉。每卷一篇小說，以三字標題：卷一〈合影樓〉、卷二〈奪錦樓〉、卷三〈三與樓〉、卷四〈夏宜樓〉、卷五〈歸正樓〉、卷六〈萃雅樓〉、卷七〈拂雲樓〉、卷八〈十巹樓〉、卷九〈鶴歸樓〉、卷十〈奉先樓〉、卷十一〈生我樓〉、卷十二〈聞過樓〉。各卷含一、二、三、四、六回不等。每回以聯語標目。

　　《十二樓》的風格一如《無聲戲》，立意新穎，故事奇巧，事態山重水復，卻總能柳暗花明。每篇小說都有一座樓，關目新奇纖巧，又較《無聲戲》為甚。

　　卷一〈合影樓〉敘兩家共有一池，一家的家長是位講道學的，他怕兩家兒女窺面生情，遂在池中立柱搭上石板砌牆，但是這水上之牆仍隔不斷兒女傳情，男女通過水面的映像交流情感，幾經周折，兒女情愛得到雙方家長認可，池上隔牆被推倒，建起水閣名「合影樓」，做了洞房。卷末評語稱：「不但相思害得稀奇，團圓做得熱鬧，即捏臂之關目，比傳書遞柬者更

第四章　李漁的話本小說

好看十倍也。」李漁秉持的是李贄的王學，認為人欲是絕禁不住的，倒不如像作品中不喜風流也不講道學的路公，順其自然，最後方能皆大歡喜。卷二〈奪錦樓〉也是講兒女婚事，一位商人有二女，聰明又標緻，由婚事鬧出糾紛。知府見二女所許配之人皆不堪配，乃將考場內一所空樓命名「奪錦樓」，讓二女暫居樓中，召十縣的生童來考試，未婚而奪魁者可娶二女為妻。故事不落窠臼，但思想並無半點新意。

卷三〈三與樓〉所寫之樓，一層為會客之所，題匾「與人為徒」，二層為讀書之所，題匾「與古為徒」，三層為靜養避俗之所，題匾「與天為徒」，故此樓總名「三與樓」。樓的主人淡薄功名，寄情詩酒，此樓是他傾注心力所造，但不幸要償債，不得不忍痛賣掉此樓。他去世數年後，其子登第，在友人設計幫助下才把樓贖回。樓的主人喜好並擅長營造樓宇園亭，與李漁同好。不良富人欺心奪人之好，小說咒他必有惡報。卷四〈夏宜樓〉之樓，三面臨水，乃小姐避暑之所。一書生用千里鏡窺得小姐芳顏，又利用窺得之資訊，向小姐家求婚成功。西洋舶來的千里鏡成為情節的重要關目，新奇固然新奇，但偷窺不免流於低俗。

卷五〈歸正樓〉寫一拐子改邪歸正，他為妓女贖身，並為她建一尼庵以圓她出家心願，尼庵題名「歸止樓」。燕子銜泥在「止」上添了一橫，成一「正」字。拐子見此感悟，也出家

第三節　《十二樓》

修道。卷六〈萃雅樓〉的樓是一家古董店鋪，由權某與一個同性戀者經營，權某被喜好男色的嚴世蕃騙去閹割霸占，他忍辱在嚴府探得嚴家父子的種種罪行，終於劾倒了嚴氏。

　　卷七〈拂雲樓〉敘一婢女在拂雲樓上窺見丰姿多情的才子，成就了她家小姐本來難以圓成的婚姻。卷八〈十卺樓〉敘姚氏婚娶十次方得美滿的故事，「十卺」為仙人所題，預示其婚姻波折的歷程。卷九〈鶴歸樓〉敘北宋新科進士段某與郁某出使金朝，他們是連襟。段某深知前路艱險，生死難卜，臨別妻子時，諷其再嫁，題所居之樓為「鶴歸樓」，以示不能生還。郁某卻與妻子眷念難捨，許諾不久即可回家團聚。此後二人困於金朝八年，郁某夫妻不堪思念，妻死，而夫則未老先衰；段某夫妻不存僥倖重聚之心，反而不致憂鬱神傷，熬到了夫妻團圓的一天。此篇是李漁的聽天由命、隨遇而安的人生哲學的宣講，卷末總評曰：「此一樓也，用意最深，取徑最曲，是千古鍾情之變體。」

　　卷十〈奉先樓〉寫明末動亂，「闖賊」將至，舒某在家廟「奉先樓」通告族人，其妻懷有身孕，若被賊兵擄去，縱失節也要存孤，以勉嗣宗祧。其妻先從「闖賊」，後又屈侍新朝將軍，終於保全了舒氏七世單傳的血脈。最後將軍被感動，成全了舒氏夫妻破鏡重圓。卷十一〈生我樓〉也是寫戰亂中離散而終於重合的故事。它以宋元鼎革為背景，尹某造小樓三間為居所，此

第四章　李漁的話本小說

間生得一子，故名樓為「生我樓」。不料此子三四歲時丟失，而尹某再無生育。為了立嗣，他離鄉尋訪合適的嗣子人選，時逢元兵南下，土賊蜂起，在動亂中天湊其巧，那嗣子竟是失散多年的親子。此篇與卷十都是把延續宗祧放在家庭生活中高於一切的位置，為此，失節可以不論，冒險尋嗣亦在所不惜，反映了宗法制度下子嗣的嚴重性。卷十二〈聞過樓〉之樓是地方官員和鄉賢合資營造的一座樓，為隱居深山的高人顧某所造，請出顧某移居此樓，是為了得聞顧某的諍言高論。

《十二樓》每篇情節中都有一樓，有的在情節中合情合理，有的則顯得故為造作，失於雕作。敘事技巧和風格與《無聲戲》相同，但不如《無聲戲》更切近現實生活而有所寄託。總的來看，《十二樓》的商業文化色彩更要濃厚一些。

《十二樓》中，李漁特別標明卷一〈合影樓〉取材於胡氏《筆談》抄本，卷九〈鶴歸樓〉取材於《段氏家乘·鶴歸樓記》，此兩書未見傳本，若屬實，則有十篇的故事情節完全由李漁編創。《無聲戲》一、二集的作品，在題材上也不依傍現成文字，基本上也是李漁從現實生活中提煉而成。這是李漁話本小說異於前代的一個顯著特色，也是清初話本小說的一個時代標誌。

李漁是小說敘事的高手，他就戲曲創作提出的「脫窠臼」、「立主腦」、「密針線」的主張，在小說創作中都踐行良好。《十二樓》、《無聲戲》，每篇作品都立意新穎，人物配置主次得

當，情節曲折而不枝蔓，關目奇巧，大多經得起推敲，敘事中穿插議論但不生硬呆滯和累贅，語言生動暢達，可讀性很強。李漁思想的新意並不多，趣味有時還流於低俗，但就敘事而言，他代表了清初話本小說的最高水準。

第五章

《醒世姻緣傳》及其他世情小說

第五章　《醒世姻緣傳》及其他世情小說

　　話本小說多寫世情，展示的多是市井社會平常人家的悲歡離合，但我們並不稱這些作品為世情小說。作為小說類型的「世情小說」，除了題材之外，還有文體的元素，它必須是長篇章回小說。明代長篇章回小說，《三國志演義》寫歷史，《水滸傳》寫江湖傳奇，《西遊記》寫神魔，到《金瓶梅》寫一個市儈家庭，才開創了世情小說這個新的類型。清初繼承《金瓶梅》描述平常人家、堅持寫實風格的長篇小說，最為出色的是《醒世姻緣傳》。

第一節　西周生《醒世姻緣傳》

　　《醒世姻緣傳》一百回，作者署「西周生」。對於這位作者有種種猜測，或謂蒲松齡，或謂丁耀亢，或謂賈鳧西，皆無實據，不足定論。唯可定論者，「西周生」是明末清初的山東人，小說第二十六回把繡江縣明水鎮的社會景況比作「西周」，繡江縣的山水地貌，按小說描寫極似山東章丘，由此推測，「西周生」可能是章丘人。

　　《醒世姻緣傳》成書在順治年間。小說「環碧主人」《弁語》署時「辛丑」，當為順治十八年（西元一六六一年）。它不可能是上一個「辛丑」─萬曆二十九年（西元一六○一年），因為小說中有甲申鼎革的影子，第三十九回形容劣秀才汪為露揲光了鬍鬚，「通像了那鄭州、雄縣、獻縣、阜城京路上那些趕腳討飯

的內官一般」。大批太監狼狽地從北京逃往外地，在正常年代是絕不會發生的，只能是李自成攻入北京後的情形。《甲申朝事小紀》二編卷十「崇禎宮詞下」就有「中璫七萬人皆喧嘩走」的記載。第三十回有云：「若是那樣忠臣，或是有甚麼賊寇圍了城，望那救兵不到，看看的城要破了；或是已被賊人拿住，逼勒了要他投降，他卻不肯順從，乘空或是投河、跳井，或是上吊、抹頭；這樣的男子，不惟托生，還要用他為神。」這也是甲申之變社會實情的寫照。「辛丑」也不可能是下一個「辛丑」——康熙六十年（西元一七二一年）。周在浚（周亮工之子）致顏光敏書：「聞臺駕有真州及句曲之行，故未敢走候，此時想已歸矣。天氣漸爽，稍遲尚期作郊外之遊也。《惡姻緣》小說，前呈五冊，想已閱畢，幸付來價。因吳門近已梓完，來借一對，欲寄往耳。」（《顏氏家藏尺牘》卷三）周在浚康熙間寓居南京，顏光敏，字修來，山東曲阜人，康熙六年（西元一六六七年）進士，官吏部主事，康熙十年（西元一六七一年）丁父憂，康熙二十一年（西元一六八二年）起補原官之前一年曾南游吳越，康熙二十五年（西元一六八六）病卒。周在浚致書顏光敏索要《惡姻緣》小說，當在康熙二十年（西元一六八一年）前後。《惡姻緣》小說即《醒世姻緣傳》，《醒世姻緣傳》「凡例」稱「原書」本名《惡姻緣》，「凡例」又稱「此書傳自武林，取正白下」，與周在浚信劄所說相合。所以，「辛丑」只能是順治

第五章 《醒世姻緣傳》及其他世情小說

十八年。此書開寫也許在明朝，但成書在清順治年間是無可懷疑的。[01]

《醒世姻緣傳》初以抄本流傳，大約在康熙二十年前後刊刻印行。它上承《金瓶梅》以家庭生活為描述對象，作者在小說開篇「引起」就說，人生的價值不在權勢和金錢，而在家庭的完整、道德的修備和道統的承傳，要實現這些價值，關鍵在是否有一個賢妻，有一個賢妻，方可保證父母兄弟俱存得住，方可做不愧天不怍人的事，方可得天下英才而教育之，從而保證道統得以承傳。作者立意，顯然與《金瓶梅》有所不同。所寫家庭背景也大有差異，《金瓶梅》寫的是市儈商人家庭，活動空間主要是城市，《醒世姻緣傳》寫的是鄉宦家庭，也描寫了晁源在北京、狄希陳在北京成都的生活經歷，但故事的主要場景在鄉村。

這部百回長篇說部演繹的是明正統至成化前後六十年的冤孽報應的兩世姻緣的故事，前二十二回寫前世姻緣，敘山東武城縣鄉宦人家晁源娶有一妻一妾，晁源仗恃做官的父親有錢有勢，驕奢淫逸，縱容寵妾珍哥逼死髮妻計氏。珍哥因逼死計氏問了絞罪，瘐死獄中。晁源在田莊與人通姦被殺，這實際上是被晁源射殺的狐仙特來報仇索命。後七十八回寫再世姻緣。晁源死後轉世投到山東繡江縣明水鎮富戶狄家，叫狄希陳。被晁

---

01 《醒世姻緣傳》的作者和成書年代問題，詳見徐復嶺《醒世姻緣傳作者和語言考論》，齊魯書社 1993 年版。

第一節　西周生《醒世姻緣傳》

源射殺的狐仙投生到府學教授薛家，叫薛素姐。薛素姐外有姣好之容貌，內具悍潑之情性，嫁給狄希陳為妻，卻視丈夫為仇敵，虐待丈夫無所不用其極，攪得狄家不得安寧。狄希陳性格懦弱，守著素姐如同抱虎而眠，恰逢成化帝登基，有機會上北京做監生，從而暫時跳脫出火池地獄。狄希陳在北京娶童家小姐寄姐為妻，買珍珠為婢。寄姐是晁源之妻計氏轉世，珍珠為晁源之妾珍哥轉世。寄姐一見珍珠即怒火中燒，令珍珠不堪折磨而投繯自盡。寄姐原是狄希陳兒時的玩伴，自嫁給狄希陳後，態度急轉，虐待丈夫的手段雖不及素姐，卻也令狄希陳戰戰兢兢，度日如年。後隨丈夫赴四川成都之任，其虐夫的名聲傳揚閨闥之外。更要命的是素姐從山東追尋到成都，兩位悍婦疊加挫磨，狄希陳連性命都難自保，豈能上衙門理事！上司以「不能齊家」和「曠廢官職」的考語罷了他的官。狄希陳灰溜溜回到家鄉，得高僧點破因果，遂戒殺生，持長齋，絕貪嗔，誦《金剛經》，總算解除冤愆，素姐病死，寄姐扶正，狄希陳得以善終。

　　小說先後寫了兩地的兩個家庭，兩家不止有因果轉世的關係，晁源死後，其母晁夫人和晁家的命運，以及伶人梁生、胡旦與晁、狄兩家的瓜葛，仍與狄家故事平行演進，形成一正一副且有時相交的兩條線索。受晁夫人恩惠的梁生、胡旦出家，梁死轉世托生在晁家，是為晁梁化解了晁家絕後的危機。胡生

得知狄希陳為晁源轉世，遂護衛狄希陳不致被素姐酷虐致死，並且讓晁梁與兄長轉世的狄希陳相會，使狄希陳悟得前因後果，了結了這椿冤冤相報的孽案。全書情節分為兩段，但前段故事的餘緒作為副線仍繼續存在於後段，這種結構很有特點。

　　作者在開篇「引起」中所說的家庭的美滿關鍵在妻子賢慧與否，但小說故事情節在客觀上並不完全契合這個觀點。晁源的愛妾珍哥固然恃嬌狠毒，但晁家敗落，主要還在晁源的胡作非為。晁源的父親原是一個寒士，因緣做了華亭知縣，又轉升為通州知府，家庭權勢的膨脹，使才識不高的晁源衝昏頭腦，肆意妄為，竟成了地方一霸。娼優出身的珍哥正是在他的縱容下才敢欺壓正妻，弄得家反宅亂。而晁源之死，亦是他淫亂所致，乃是咎由自取。

　　狄希陳受到兩個悍妻的酷虐，按小說安排，是前世的孽債。但小說描寫的狄希陳，「氣宇殊欠沉潛，文理也大欠通順」，除了一點惡作劇的小伎倆之外，一無所長。父親給他納監捐官，做成都縣縣令的經歷，還署了縣印，可是他連公文都讀不懂，一切都靠幕賓運作。頭腦昏憒，卻會搜刮民財，審理一椿監生逼死正妻的案子，就獲銀五百兩，把當年買官的一半本錢賺了回來。他秉性愚懦，毫無男子漢、大丈夫的氣概，兩個妻子爬到他頭上作威作福，一點也不奇怪。狄家紛亂的根子，主要還在狄希陳身上。

第一節　西周生《醒世姻緣傳》

　　《醒世姻緣傳》用了頗多的篇幅描寫素姐對狄希陳的施暴，手段無奇不有，狠毒至要奪他性命。作者無解，只能歸結為前世有仇，狄希陳前世射殺了狐仙，這狐仙轉世為素姐，定要報這一箭之仇。在封建宗法男尊女卑的社會，丈夫欺壓妻妾，似為常態。陰陽顛倒，牝雞司晨，均被視為怪異。然而在實際生活中常有這種現象。李漁《閒情偶寄》卷一〈戒荒唐〉就說，「古來妒婦制夫之條，自罰跪、戒眠、棒打、戴水以至撲臀而止矣；近日妒悍之流，竟有鎖門絕食，遷怒於人，使族黨避禍難前，坐視其死而莫之救者」。蒲松齡在《聊齋志異‧馬介甫》篇末感嘆說：「懼內天下之通病也。」又在《聊齋志異‧江城》篇末對婦人中的悍妻作了量化，說「每見天下賢婦十之一，悍婦十之九」。他不解男女兩性關係何以如此，在《江城》中便歸咎於前世冤孽：悍婦江城所以虐待丈夫高蕃，是因為江城前世是寺廟中的一隻長生鼠，被一士人斃殺，這士人轉世為高蕃，江城虐夫是在報前世之仇。這種解釋與《醒世姻緣傳》的思想吻合，所以有人懷疑《醒世姻緣傳》的作者就是蒲松齡。

　　然而《醒世姻緣傳》卻又不只是關注兩性的戰爭，它在晁、狄兩世姻緣的周邊，連綴了鄉村、城鎮以及官場的眾多人事，無德的秀才，貪婪的官吏，虎狼的衙役，爾虞我詐的族人，無術缺德的醫生，武斷橫暴的士紳，詐人錢財的光棍，勾結官府的暴發戶，以邪教斂財的道婆，呈現出多層面的社會生活的生

第五章　《醒世姻緣傳》及其他世情小說

動畫面。作者說故事發生在正統至成化的幾十年間，但他提供的形象畫面分明是明末日薄西山的情景。第九至第十二回寫晁家計氏自縊一案，用細密的筆墨描寫晁源如何走後門，買通衙役行賄縣官，如何從被告搖身一變成為衙門的貴賓，縣官如何罔顧國法、顛倒黑白，後來東昌府臨清道李純治重審此案，詳知前後情節，痛心疾首地說：「這等一個強盜（指武城縣令）在地方，怎得那百姓不徹骨窮去，地方不盜賊蜂起哩！」武城縣如此，小說筆墨所至的繡江縣、成都縣，乃至天子腳下的北京城，又何嘗不是如此！《醒世姻緣傳》的價值，不只在描寫了兩世的惡姻緣，更在於它真實地描繪了一個病入膏肓的社會，描繪了這個社會中的病態的人群。

　　小說中著墨最多的正面人物形象是晁源之母晁老夫人。她的丈夫晁思孝是一個貪官，知縣半年，刮了萬金讓兒子帶回武城老家，四年後升轉通州知州，貪風毫不收斂。晁夫人勸丈夫省刑薄罰，又做了種種善舉，勸諭兒子晁源不要武斷鄉曲、克剝窮民，在丈夫、兒子死後分田睦族，賑濟災民。晁家因晁氏父子的惡行，本該斷子絕孫，只因晁夫人的行善，天道終於賜了一個孝子給她繼承家業。晁夫人的形象是要印證小說開篇「引起」的論斷，家有賢妻便可使家業興旺、道統不斷。然而晁夫人的形象，比較起小說中的那些潑婦、悍婦、惡婦和淫婦，要呆板和蒼白得多，她只是作者理念的化身。

《醒世姻緣傳》對明季社會描寫的廣度和深度，對農村宗法制度中人際關係的揭示，對受著鄉紳土豪和水旱災害雙重壓迫下的農民悲慘境況的描繪，對社會各階層人物眾生相的寫生，對山東方言鮮活的運用，都達到了相當高的水準。同時代的以山東為背景的世情小說《續金瓶梅》不能望其項背。在《金瓶梅》之後，能繼承其寫實精神並在敘事藝術上卓有成就者，清初長篇小說中唯有《醒世姻緣傳》而已。

第二節　其他世情小說

清初以寫實筆法描寫世情的小說，最典型且成就最高的是《醒世姻緣傳》，其次是《續金瓶梅》，還有一些作品，以家庭婚姻、仕途為主線，不同程度地展現了世態人情，如《幻中真》和「娥川主人」的三部小說《生花夢》、《世無匹》和《炎涼岸》，他們接近才子佳人小說，但仍在世情小說的範疇之內。

《幻中真》十二卷，題「煙霞散人編次」，卷首有「天花藏主人」〈序〉。「煙霞散人」真實姓名不詳，有人認為就是作序的「天花藏主人」，但並無確證，「天花藏主人」是清初著名才子佳人小說家，他既然為此書作序，何必又隱藏作者身分？書中第一回說：「江南蘇州府吳縣」，「江南」建省在順治二年（西元一六四五年），康熙六年（西元一六六七年）即析為江蘇、安徽兩省，可見成書當在順治二年之後、康熙六年之前。

第五章　《醒世姻緣傳》及其他世情小說

今存寫刻本不諱康熙帝名「玄」字，也證明刊刻在清初。

　　《幻中真》敘明末蘇州吳縣人吉扶雲與易邁之女易素娥有婚約，易邁去世後，易妻覺察其姪易任兄弟有謀奪家產的企圖，遂匆匆使女兒與吉扶雲完婚。完婚後生得一子名曰蘭生。但好景不長，易妻被兩個姪兒逼勒欺凌，氣病身亡。易素娥又被他們誣為不貞，被逼投河自盡，幸被鹽商汪百萬所救。吉扶雲則被誣告殺妻，陷於牢獄。幸逢朝廷大赦天下，貪官被查，吉扶雲方得出獄。他浪跡江湖巧遇老猿得授兵書，又得救妻的恩人相助，進京會試點了狀元。因拒絕太師招親，被遣往山東剿寇，他熟讀兵書，又有天兵神將輔助，一戰而奏凱旋。其時，他的兒子蘭生早已成人，也已考中進士。結局是夫妻、父子團圓，吉扶雲又奉旨與太師之女成婚，一夫二妻，子孫綿綿，富貴不絕。全書前半部描寫家產爭奪，是封建宗法制度下沒有子嗣所造成的惡果，有其真實性。後半部寫吉扶雲出獄後的奇遇和飛黃騰達，則是作者的美好想像。「幻中真」，幻則有之，「真」卻大可懷疑。世情的描寫缺乏細節的真實性，不能與《醒世姻緣傳》相比。

　　另有《幻中真》四卷十回本，題「煙霞主人編次、泉石主人評定、曲枝呆人評錄」。卷一別演一事，題〈司馬元雙訂鴛鴦譜〉，為才子佳人故事，在本書中充當「入話」的角色。卷二至卷四共十回，是《幻中真》十二回本的簡本。其中人名有所改

動，在第十回中插增一段收服海盜的故事。此書說明，不止像《水滸傳》那樣的名著在傳播過程中有節略和插增的本子出現，就是這遠不是一流作品的《幻中真》也有版本的變體。

清初的世情小說還有《生花夢》、《世無匹》、《炎涼岸》，它們出自一個作者—「娥川主人」。

《生花夢》四卷十二回，題「古吳娥川主人編次，古吳青門逸史點評」。「娥川主人」真實姓名不詳，當為蘇州人。《生花夢》卷首「青門逸史」〈序〉署時「癸丑」，第一回說康熙九年庚戌太湖決堤水災為「最切近的新聞」，據此可斷「癸丑」為康熙十二年（西元一六七三年）。該〈序〉稱作者「娥川主人」為「名家子，富詞翰，青年磊落。既乏江皋之遇，空懷贈珮之緣，未逢伯樂之知，徒抱鹽車之感。而以其幽愫播之新聲，紅牙碧管，固已傳為勝事矣。迨浪跡四方，風塵顛躓，益無所遇。惟無遇也，顧不得不有所托以自諷矣」。若此說可信，則「娥川主人」是一位懷才不遇、浪跡天涯的名家子弟，著小說，亦擅戲曲。署名「娥川主人」的戲曲作品，迄今尚未發現。

清初流行才子佳人小說和豔情小說，「娥川主人」對這兩種小說持批評態度。《生花夢》第一回說：「但今稗官家，往往爭奇競勝，寫影描空，采香豔於新聲，弄柔情於翰墨。詞仙情種，奇文竟是淫書；才子佳人，巧遇永成冤案。讀者不察其為子虛亡是之言，每每以為實事，爭相效學，豈不大誤人心，

喪滅倫理！」他不屑與這兩類小說為伍，宣稱要走寫實的路子，《生花夢》就是「別開生面，演出件極新奇、極切實的故事，寓幻於俠，化淫為貞，使觀者耳目一快」。

《生花夢》故事「新奇」，卻並不「切實」，它敘明嘉靖年間溫州書生康夢庚的傳奇經歷。康夢庚早年有「神童」美譽，文才超群，更兼俠肝義膽。在鎮江打抱不平，刺死當地惡霸，幸得赴任途中的山東按察使貢鳴岐救助，方免刑獄之災。貢鳴岐意欲招康夢庚為婿，但其子從中挑撥，康夢庚不得不離開貢家。他赴金陵鄉試中舉後，在蘇州一花園和韻佳人馮玉如的題壁詩，情投意合，正當馮家大開文社以詩擇婿之時，江南科場案舉發，康夢庚受牽連被解送北京。馮玉如文武雙全，女扮男裝，誤入綠林，機緣巧合，又攜貢小姐上了山寨。康夢庚在京辨明清白，會試名列十八，殿試中榜眼，授翰林編修。欽假回鄉途中遇盜，為馮玉如救上山寨。女扮男裝的馮玉如撮合了康夢庚與貢小姐的婚姻。馮玉如投誠朝廷後，也嫁給了康夢庚。

作者批評才子佳人小說，而《生花夢》的一些情節元素就來自才子佳人小說，以詩傳情，以詩擇婿，小人離間，金榜題名，一夫二妻等。唯行俠仗義，佳人又兼武功，山寨綠林等，別出新樣，已經有了英雄兒女小說的雛形。作為世情小說，它所欠缺的是「切實」的描寫，無論是情節還是細節，《生花夢》距離寫實性已有相當的里程。

第二節 其他世情小說

《生花夢》寫刻本內封有「二集嗣出」四字[02]，「二集」即《世無匹》。《世無匹》第一回書名下就題「生花夢二集」[03]。

《世無匹》四卷十六回，亦署「古吳娥川主人編次，古吳青門逸史點評」。第一回闡述小說之立意說：「恩怨不分，何以為人。恩將仇報，禽獸之道。這兩句話，說盡世人病根。當今人心險仄，得恩不知，求其知輕識重、能不負心者，舉世之間百不得其一二。且忘恩負義者，其罪尤小；至於轉眼昧心，恩將仇報者，其情更為可恨。蓋人無恆心，賢不多見，以致世風日漓，人情多偽，反復變遷，虛囂險惡。」又說：「這回小說，特與天下良善人鼓舞其本心，為天下昧理人設立個榜樣；要使人勇於為義，速於去非；知善之可嘉，惡之當改，人人做個忠厚長者，則世道不可返古耶。」

小說所讚揚的「榜樣」人物干白虹，明初廣東南雄人，開一家酒店，把一個臥於雪中瀕於死亡的陳與權救活，供他讀書，助他娶妻成家，又耗費千金為他捐得功名，甚至為他報仇而自己陷入囹圄。而陳與權卻恩將仇報，乘干白虹流放在外之際，奪了家財，將其弱妻幼子趕出家門。終有知恩圖報的曾九功出來，昭雪了干白虹的冤屈，懲處了狼心狗肺的陳與權。陳與權十年前在南雄嶺雪中被救，十年後的今天仍死在南雄嶺

02　美國哈佛大學漢和圖書館藏本，影印本見《古本小說叢刊》第一輯，中華書局 1991 年版。

03　參見《世無匹》大連圖書館藏本。

上。干白虹的兒子後來金榜題名，選授翰林編修，此後干氏子孫科舉不絕。

　　《炎涼岸》八回，又題《生花夢三集》，署「娥川主人編次，青門逸史點評」。此書以袁、馮兩家聯姻的糾葛，描寫世態炎涼、人心澆薄。敘明弘治年間開封府袁七襄、馮國士兩家指腹為婚。馮國士出身小家，地方縉紳多欺他沒有根基，遂攀上撫院吏書袁七襄聯姻。恰巧袁家生子，馮家生女，眼看兩家就要成為姻親。然世事難料，馮國士高中進士，入朝做官，而袁七襄卻因事下獄。馮國士不但不承認婚約，還將來京求援的袁氏妻兒攆走。袁妻在路途被強人掠去，幼兒棄於大路被路過的太監劉瑾收養。馮國士欲將女兒另聘高門，馮女則堅守婚約，為此出家為尼。後來袁七襄起復為官，馮國士倒成了他的屬下。袁子名叫化鳳，在劉瑾家長大，文才偶然得到正德皇帝賞識，皇帝究明其出身後，特授文林郎，出任廣東陽江知縣。袁家團圓復興，原諒了勢利的馮國士，袁子與馮女終於完婚。本書意在揭露世情冷暖、炎涼人面，故書名「炎涼岸」。小說情節大起大落，奇幻有餘，「切實」不足。袁化鳳被劉瑾收養，得正德皇帝嘉許，十二歲出任知縣，這些情節可信度極低。

　　「娥川主人」的三部小說雖都交代了故事發生年代，但小說描述中卻見不出社會環境的時代特色，或者說環境描寫太抽象。環境描寫應當包括活動在主角周邊的各色人物、地域風

貌、習俗和社會動態等，若比較《醒世姻緣傳 》的環境描寫，
這三部小說在寫實方面的不足就顯現出來了。其次，人物缺少
個性，敘述多而場面描寫少。

第六章

才子佳人小說的興盛

第六章　才子佳人小說的興盛

第一節　才子佳人小說類型的形成

　　清代以前，小說戲曲以男女情戀為題材的作品數不勝數，可謂源遠流長。虛擬的人神戀、人鬼戀、人妖戀；實寫的，各階層的男女，才子佳人等。清初出現的才子佳人小說寫男女情戀，卻有它明確的文學樣式規定。

　　首先是才子佳人的身分規定。才子可以出身寒微，但必須有才，「才」要足以蟾宮折桂、治國安邦，更要詩賦超人，能繡虎雕龍，七步成章。佳人一定是大家閨秀，才美兼備，如康熙十一年（西元一六七二年）所刊小說《醒風流》所言：「佳人乃天地山川秀氣所鐘，有十分姿色，十分聰明，更有十分風流。十分姿色者謂之美人，十分聰明者謂之才女，十分風流者謂之情種。人都說三者之中有一不具，便不謂之佳人。在下看來，總三者兼備，又必有如馮小姐（《醒風流》女主角）的知窮通、辨貞奸的一副靈心慧眼，方叫是真正佳人。」[01] 所謂「知窮通、辨貞奸」，就是眼光要穿透諸如門第、金錢等迷障，能辨別真偽、貞奸，有鑒識人才的慧眼。才子和佳人的資格之標準非同一般。

　　故事情節有一個獨特的模式。才子佳人以詩傳情，私訂終身，即必須擺脫「父母之命，媒妁之言」的封建婚姻制度。煙水散人《合浦珠》說：「才子必須佳人為匹，假使有了雕龍繡

01　崔市道人：《醒風流》第五回，春風文藝出版社 1981 年版，第 37 頁。

虎之才，乃琴瑟乖和，不能覓一如花似玉、知音詠絮之婦，則才子之情不見，而才子之名亦虛。是以相如三弄求凰之曲，元積待月西廂之下，千古以來，但聞其風流蘊藉，嘖嘖人口，未嘗以其情深兒女置而不談。」[02]

　　所以才子追求佳人，私相愛戀，是佳話一段。但在禮教社會裡，這種戀愛要達成婚姻的結果，絕非易事。天花藏主人〈飛花詠序〉就說：「金不煉，不知其堅；檀不焚，不知其香。才子佳人，不經一番磨折，何以知其才之愈出愈奇，而情之至死不變耶。」[03]故事情節必須是曲曲折折，好事多磨，在才子佳人之間，一定橫亙著阻礙，或者奸險小人，或者是道學家長，或者是社會家庭變故，甚至三者兼具，磨難和曲折是情節的主要內容。結局總是大團圓，才子金榜題名，甚而建立奇功，化解一切阻力，與佳人成就百年之好。情節還規定，才子佳人互相愛悅，但婚前並無曖昧涉私行為，所謂「發乎情，止乎禮」，與明代文言中篇小說所寫的才子佳人故事在這一點上是迥然有別的。

　　在文體上，才子佳人小說是白話章回小說，篇幅一般在十六至二十回之間。

　　才子佳人小說興起於清初，其淵源可追溯到唐傳奇、元雜

02　《合浦珠》第一回，《中國古代珍稀本小說》第八集，春風文藝出版社 1994 年版，第 221、222 頁。

03　大連圖書館參考部編：《明清小說序跋選》，春風文藝出版社 1983 年版，第 58 頁。

第六章　才子佳人小說的興盛

劇和元明傳奇的婚戀作品。乾隆年間小說《駐春園》「水箸散人」〈序〉說才子佳人小說「皆從唐宋小說〈會真〉、〈嬌紅〉諸記而來」[04]。《會真》即元稹傳奇〈鶯鶯傳〉，小說中的張生和鶯鶯最終沒能成為夫妻，他們以詩柬傳情和西廂約會的戀愛方式，深刻地影響了後世的小說戲曲。〈嬌紅〉即元傳奇〈嬌紅記〉，主人公申純與表妹王嬌娘詩詞往還，情意綿綿，婚姻不成，雙雙殉情而死，死後化為一對鴛鴦。《嬌紅記》之後，明代出現了一批描寫青年男女情愛的中篇傳奇小說，如〈賈雲華還魂記〉、《鍾情麗集》等。唐宋以來的這一流派的作品，確實為清初才子佳人小說的形成準備了藝術條件。

明清易代，政體基本沿襲舊制，文化並未斷裂。順治元年（西元一六四四年）十月初十順治皇帝於皇極門頒即位詔書，宣布招撫明朝舊臣和恢復科舉，「故明建言罷謫諸臣及山林隱逸懷才抱德堪為世用者，撫按薦舉，來京擢用。文武制科，仍於辰戌丑未年舉行會試，子午卯酉年舉行鄉試」[05]。嗣後又開「博學鴻詞」特科以拔擢士林人才。當時著名的遺民思想家黃宗羲，也都遣子代應朝廷史館之聘，可見一般士人的人生規劃不可能脫離學而優則仕的傳統軌道。清初才子佳人小說以「一舉成名」作為情節轉折的樞紐，是有現實依據的。

04　大連圖書館參考部編：《明清小說序跋選》，春風文藝出版社1983年版，第103頁。

05　趙爾巽等撰：《清史稿》第二冊，本紀四、世祖本紀一，中華書局1977年版，第90頁。

　　此外，明末清初又是才女輩出的時代。陳維崧（西元一六二五至西元一六八二年）編撰《婦人集》，著錄明末清初女性詩人七十多名，其中顧橫波嫁江左三大家之一的龔鼎孳，柳如是嫁明清之際詩壇盟主錢謙益，徐燦嫁大學士陳之遴，董小宛嫁明季四公子之一的冒襄，皆為佳人配才子之典型，為時人所豔羨。《婦人集》記載女子琅玕在德州旅壁題詩：「自憐身似楊花，願向天涯情死。」[06] 才女佳人情癡如此，大膽如此，世所罕見。這些都為才子佳人小說的創作提供了想像的依據。

　　順治、康熙年間是才子佳人小說創作勃興並形成流派的時期，湧現出像「天花藏主人」、「名教中人」、「煙水散人」這樣一批代表作家和大量作品。才子佳人小說規定主人公必須兼有才、德、情三種內質，但不同的作品對這三種內質又有所側重，有特別重才的，有特別重德的，有特別重情的。按此，才子佳人小說又可分為重才、重德、重情三種類型。重才型的作品數量最多，影響也最大，是才子佳人小說的主流類型。

第二節　重才型 ——《玉嬌梨》、《平山冷燕》及其他

　　重才型的才子佳人小說的代表作有《玉嬌梨》、《平山冷燕》和《兩交婚》，這三部作品都出自「天花藏主人」之手。

06　陳維崧：《婦人集》。《香豔叢書》第一冊，人民文學出版社 1992 年版，第 127 頁。

第六章　才子佳人小說的興盛

　　天花藏主人真實姓名不詳。

　　一說是嘉興人張勻。康熙年間沈季友《檇李詩繫》卷二十八張勻〈蠟梅〉詩前小傳云:「張秀才勻,勻字宣衡,號鵲山,秀水諸生。年十二作稗史,今所傳《平山冷燕》也。又為傳奇。有《十眉圖》、《長生樂》二十種。海內梨園爭傳播之。臨卒書云:赤剝來時赤剝還,放開笑口任顛頑,還時更不依前路,跳過瓊樓海上山。有《鵲山堂集》。」此說甚可疑。十二歲少年寫詩可信,寫小說,尤其是寫才子佳人小說,則難以置信。

　　《平山冷燕》有「天花藏主人」順治十五年(西元一六五八年)自序,其〈序〉曰:「若夫兩眼浮六合之間,一心在千秋之上,落筆時驚風雨,開口秀奪山川,每當春花秋月之時,不禁淋漓感慨,此其才為何如?徒以貧而在下,無一人知己之憐。不幸憔悴以死,抱九原埋沒之痛,豈不悲哉!予雖非其人,亦嘗竊執雕蟲之役矣。顧時命不倫,即間擲金聲,時裁五色,而過者若罔聞罔見。淹忽老矣!欲人致其身,而既不能,欲自短其氣,而又不忍。計無所之,不得已而借烏有先生以發洩其黃粱事業……凡紙上之可喜可驚,皆胸中之欲歌欲哭。」〈序〉中明白地告訴讀者,「天花藏主人」撰作《平山冷燕》時,「淹忽老矣」。他自負有才,卻進身無路,一生貧困潦倒,胸中鬱積之氣只能借小說創作發洩一二。這哪裡是十二歲少年說的話。

第二節　重才型—《玉嬌梨》、《平山冷燕》及其他

　　一說是嘉興人張劭。盛百二《柚堂續筆談》謂：「張博山（劭）先生，嘉興人，與查聲山宮詹僚壻也，幼聰敏，十四五時私撰小說，未畢，父師見之，加以夏楚。其父執某為之解紛曰：此子有異才，但書未完，其心不死，我為足成之。即所謂《平山冷燕》也。」此說也不足為信。十四五歲的張劭寫小說，同樣與「天花藏主人」自序稱老來寫小說相矛盾。

　　兩說雖不同，但都說作者姓張，嘉興人，或者可以作為追尋真相的線索。

　　《玉嬌梨》書名取兩位女主人公的名字中各一字合成，白紅玉的「玉」，白紅玉為逃避逼婚改名「無嬌」的「嬌」，盧夢梨的「梨」。這種題名方式沿襲了《金瓶梅》。全書四卷二十回。故事發生在明朝正統、景泰年間。白紅玉出身官宦人家，「有百分姿色，自有百分聰明，到十四五歲時，便知書能文，竟已成一個女學士」。其父「只要選擇一個有才有貌的佳婿配他」。但人才難得，有才未必有貌，有貌未必有才。才貌相兼未必就是遠大之器，恃才凌物者，舉止輕浮者亦有之。擇婿成了白家的一道難題，破解這道難題就成了全書情節的動力。朝廷奸佞楊御史看中了紅玉，欲娶為子媳，但其子不學無術，求婚當然被白家拒絕。楊御史懷恨報復，舉薦紅玉之父出使北虜，迎請被也先俘虜的正統皇帝回國，其意是置紅玉之父於塞外沙漠之死地。紅玉之父亦知楊御史之歹意，為保全女兒，將她祕密託付

第六章　才子佳人小說的興盛

給內兄，讓紅玉暫從舅姓，改名無嬌。其舅受託為紅玉擇婿，發現書生蘇友白才貌雙全，遂遣媒說親。蘇友白父母雙亡，又無兄弟姐妹，叔父在朝為御史，但音信稀疏，婚姻之事由自己做主。他擇妻亦有標準：「有才無色，算不得佳人；有色無才，算不得佳人；即有才有色，而與我蘇友白無一段脈脈相關之情，亦算不得我蘇友白的佳人。」他不敢輕信媒妁之言，「禮制其常，豈為真正才子佳人而設」，定要親見無嬌（紅玉）方作定準。媒婆安排他偷窺無嬌（紅玉）的尊容，結果他把紅玉的表姐當成了紅玉，大失所望，斷然回絕了親事。後來紅玉之父不辱使命回京，告病辭官，攜紅玉回到故鄉金陵近郊錦石村，在此公告以詩文招婿。這時蘇友白投奔叔父路過錦石村，不知紅玉即前所拒婚的無嬌，見其所作〈新柳詩〉，大為傾倒，「天下怎有這般高才女子，可不令世上男子羞死」！不禁詩思勃勃，和韻兩首。不料這兩首詩被身邊小人張軌如竊去，上白府呈詩求親。此伎倆隨即被紅玉識破，紅玉讓丫鬟轉致蘇友白，赴京求紅玉舅父做媒。蘇友白求親門徑被另一小人蘇有德獲知，便搶在蘇友白之前騙得紅玉舅父推薦之信，來白府求婚。兩個小人會於白府，現場命題作詩，兩人頓時原形畢露。而在赴京途中的蘇友白遭到搶劫，幸得女扮男裝的盧夢梨相助。盧夢梨有感於「絕色佳人或制於父母，或誤於媒妁，不能一當風流才婿而飲恨深閨者不少」，故決然自主擇婿。見蘇友白合於心意，便假以小妹

第二節　重才型──《玉嬌梨》、《平山冷燕》及其他

許嫁，小妹實為自己。蘇友白入京科舉連捷，張軌如造謠紅玉已死，牽合蘇友白與楊御史之女聯姻。蘇友白斷然不從，得罪楊御史，索性辭官到江南遊歷。在山陰不期與紅玉之父相遇，紅玉之父激賞蘇友白才貌氣性，將紅玉、甥女盧夢梨許配之。才子與二位佳人，歷經曲折終於成就美滿婚姻。

才子佳人以才貌為標準自主擇婚，當然要與傳統的以門第和家族利益為尺度的家長包辦婚姻制度相衝突。《玉嬌梨》避開了這個矛盾。蘇友白孤身一人，婚事沒有家長約束，紅玉的父親開明通達，與女兒擇婿觀念完全一致。小說的情節衝突發生在才子佳人與包括楊御史在內的小人之間。才子佳人的定義，以詩擇婿的方式，小人的撥亂，科舉成名大團圓，才子佳人小說的類型元素、衝突性質取向和情節模式，在《玉嬌梨》中已見端倪。

與《玉嬌梨》相比，《平山冷燕》更著意描寫女子之才。此書二十回，敘明朝大學士之女山黛極有才華，賦〈白燕詩〉，猶勝明初詩人時大本和袁凱之作，皇帝因而特賜玉尺一條，以量天下之才。揚州女子冷絳雪也聰明絕倫，被薦與山黛做記室，山黛見她才貌不讓自己，遂以姊妹相待。皇帝特賜冷絳雪「女中書」之號，並感慨男子日以讀書為事，為何反而不見一二奇才，以為選才之路必有梗阻，於是下詔訪求男子奇才。先前冷絳雪入京途中曾邂逅洛陽書生平如衡，壁上題詩唱和，萌生

第六章　才子佳人小說的興盛

情意。平如衡遊歷松江時，與才子燕白頷結為至交。二人聞知山黛、冷絳雪才名，乃化名與二女比試，二女也假扮青衣上場，結果令二書生自嘆不如。兩人鄉試已中解元、亞魁，又早被地方拔為「奇才」薦舉朝廷。此間雖有小人張寅從中搗亂，然而終究沒有能破壞才子佳人的美事，燕白頷中狀元，平如衡中探花，皇帝主婚，燕白頷娶山黛，平如衡娶冷絳雪。四人之姓構成書名。

　　《平山冷燕》特別看重一個「才」字。男子姑且不論，女子無才也就不能叫作佳人。這與「女子無才便是德」的傳統觀念是背離的。第十四回平如衡說：「女子眉目秀媚，固云美矣。若無才情發其精神，便不過是花耳、柳耳、鶯耳、燕耳、珠耳、玉耳。縱為人寵愛，不過一時。至於花謝、柳枯、鶯衰、燕老、珠黃、玉碎，當斯時也，則其美安在哉。必也美而又有文人之才，則雖猶花柳，而花則名花，柳則異柳。而眉目顧盼之間，別有一種幽悄思致，默默動人。雖至鶯燕過時，珠玉毀敗，而詩書之氣，風雅之姿，固自在也。」這推崇內秀之論，較之一般重容色的眼光，確要高出一籌。對男子的評價也如此。第十三回冷絳雪與山黛議論男子才貌時說：「人只患無才耳。若果有才，任是醜陋，定有一種風流，斷斷不是村愚面目，此可想而知也。」

　　《平山冷燕》所重之才，主要表現在詩詞歌賦，而不在制科八股，皇帝說制科取士，不見一二奇才，所以特諭「不獨重

第二節　重才型─《玉嬌梨》、《平山冷燕》及其他

制科，必得詩賦奇才如李太白、蘇東坡其人者，方不負朕眷眷至意」。才子佳人小說的才子固然最後都是金榜題名，但情節展示的卻是詩賦之才。這反映了「天花藏主人」和才子佳人小說的作者們，大概都是科場上不得志的騷人墨客，他們嚮往功名，同時也看不起靠制藝起家的舉人、進士們。這種立場和觀點，自然會引起蹭蹬場屋的廣大士人的共鳴，畢竟考中舉人、進士的只是士人中的極少數。

才子佳人小說的故事情節背景是抽象化的，沒有具象的時代印記。《玉嬌梨》寫到明英宗被俘回國，時間明確，但環境風貌和時代氣息卻一點也沒有；《平山冷燕》說到王世貞、李攀龍，時間應當在明嘉靖前後，與《玉嬌梨》一樣，背景還是空洞的。這些故事移到科舉社會的任何一個朝代，都不會與朝代發生扞格。這一點，它與世情小說是不同的。

《玉嬌梨》、《平山冷燕》先後版行，嗣後，書坊將兩書合刊，題為《七才子書》。《玉嬌梨》的蘇友白、白紅玉、盧夢梨，《平山冷燕》的平如衡、山黛、冷絳雪、燕白頷，合起來被稱作「七位才子」。這兩部作品，康熙、雍正、乾隆一百多年間，北京、南京、蘇州、廣州等大江南北數十家書坊踴躍翻刻，可見影響之大。[07]

乾隆年間「冰玉主人」為靜寄山房刊本《平山冷燕》作序

07　詳見周建渝《才子佳人小說研究》第三章，文史哲出版社 1998 年版。

第六章　才子佳人小說的興盛

曰：「庚申（乾隆五年，西元一七四○年）夏月，小監於肆中購得《平山冷燕》一書，餘退朝之暇，取而觀之，以消長夏。其中群臣賜宴，天子徵詩，宛然喜起賡歌之盛也。淑女憐才，書生慕色，宛然鐘鼓琴瑟之風也……若假名士如宋信，呆公子如張寅，趨炎附勢之竇知府，出乖露醜之晏文物，莫不模擬神情，各有韻致，足以動人觀感，起人鑑戒，與唐宋之小說，元人之傳奇，借耳目近習之事，為勸善懲惡之具，其意同也。雖遊戲筆墨，要何可廢。」此作序者似為宗室貴冑，其身分的真假暫且不辨，單就其評論而言，溢美之詞顯而易見，他對《平山冷燕》的道德肯定，倒是看到了才子佳人小說背離封建婚姻制度與封建禮教之間存在一個平衡點，才子佳人要求婚姻自由，但在人生觀和人生道路的選擇上卻並不叛逆傳統。

「天花藏主人」繼兩部作品之後，又作《兩交婚》十八回。他說：「自古才難，從來有美。然相逢不易，作合多奇，必結一段良緣，定歷一番妙境，傳作美觀，流為佳話。故《平山冷燕》前已播四才子之芳香矣，然芳香不盡，躍躍筆端，因又採擇其才子占佳人之美，佳人擅才子之名，甘如蜜、辛若桂薑者，續為二集。」（《兩交婚》第一回）此書敘四川甘家兄妹甘頤、甘夢與揚州辛家姐弟辛古釵、辛發交相婚配的故事。甘頤與辛古釵、辛發與甘夢是兩對才子佳人。《玉嬌梨》的盧夢梨女扮男裝自擇佳婿，此書的甘頤則是男扮女裝晤見佳人。其間撥亂的

第二節　重才型—《玉嬌梨》、《平山冷燕》及其他

小人，在四川是有錢無才的刁直，在朝廷是權貴賽元帥。為才子佳人穿針引線者，《玉嬌梨》為紅玉之丫鬟，此書則是一位性耽文墨又俏心慧膽的妓女黎青。《平山冷燕》山黛有記室冷絳雪，此書辛古釵亦有記室黎青。《玉嬌梨》紅玉、盧夢梨同事蘇友白，此書辛、黎二女同嫁甘頤。可見「天花藏主人」未能超越自己，才子佳人小說的模式已經形成。

順治、康熙時期，「天花藏主人」作才子佳人小說名聲大振，模仿者蜂起。僅由「天花藏主人」作序，或偽託「天花藏主人」的作品，至今尚存的就有：

《錦疑團》十六回。不題撰人。序署「康熙壬子(十一年)夏日天花藏主人漫書」。

《麟兒報》四卷十六回。不題撰人。序署「康熙壬子(十一年)孟秋月天花藏主人題於素政堂」。

《畫圖緣》十六回。不題撰人。康熙初年寫刻本，序署「天花藏主人題於素政堂」。

《飛花詠》十六回。不題撰人。康熙初年寫刻本，序署「天花藏主人題於素政堂」。

《定情人》十六回。不題撰人。康熙初年寫刻本，序署「素政堂主人題於天花藏」。

《人間樂》十八回。不題撰人。康熙初年寫刻本，序署「錫山老叟題於天花藏」。

《玉支璣》四卷二十回。華文堂刊本第一回前題「天花藏主人述」。

第六章　才子佳人小說的興盛

　　以上七種皆與「天花藏主人」之名有所關聯，皆沿襲《玉嬌梨》、《平山冷燕》模式，無甚創新。

　　重才型的作品，康熙元年（西元一六六二年）還有《春柳鶯》十回。此書十回，篇幅實與當時流行的十六至二十回的小說相當。該書題「南北鶡冠史者編，石廬拚飲潛夫評」。作者評者真實姓名無考。卷首「吳門拚飲潛夫」康熙元年〈序〉云：「南北鶡冠，風流名人也。知憐才好色之正，得用情取士之真。嘗謂余言，古來賢士出於席門陋巷，德婦見之裙布荊釵，如錦衣玉食，繡柱雕梁，俱屬外焉者。余識其言而敬之，復請之小說。」作者又自稱「史者」，所撰《凡例》極力抨擊當時流行之豔情小說，謂「小說，今日濫觴極矣。多以男女鑽穴之輩，妄稱風流」。稱自己所著《春柳鶯》寫的是真才子、真佳人、真風流。《凡例》說本書「每回以兩句為題貫首，雖前人亦有之，此實史者限於坊請。蓋以二十回並作十回，非史者故新一格，正史者別是一格也」。序者兼評者「拚飲潛夫」當是蘇州的一位書坊主人，《春柳鶯》之撰作，是由他約請。

　　《春柳鶯》敘才子石延川出身甲科官宦家庭，所追求的兩位佳人，梅凌春為翰林的千金，畢臨鶯為通判之小姐，皆非「席門陋巷」、「裙布荊釵」之輩。人物設計未能跳出俗套。畢臨鶯喬裝男子擇婿，小人剽竊詩作招搖撞騙，才子中探花入翰林，與二美成親，最後遁跡山林，情節關目，略無創意。

第三節　重德型─《好逑傳》及其他

　　康熙八年（西元一六六九年）有作者署名「樵雲山人」的《飛花豔想》十八回刊行。此書敘才子柳友梅與兩位佳人雪瑞雲、梅如玉題詩傳情而最後結成美眷的故事。蹈襲《玉嬌梨》的痕跡甚為明顯。作者「樵雲山人」不是在康熙二十七年（西元一六八八年）撰著《斬鬼傳》的「樵雲山人」劉璋。其真實姓名不詳。

　　還有《宛如約》四卷十六回，全稱《才美巧相逢宛如約》，不題撰人，今存清初刊本。敘才子司空約與佳人趙如子、趙宛子因詩相知結緣，終成眷屬的故事。趙如子女扮男裝自擇夫婿，亦同於《玉嬌梨》的盧夢梨。人物配置和故事格局都不出舊套。

第三節　重德型──《好逑傳》及其他

　　清初才子佳人小說中還有一派特別看重德行。成書於康熙十一年（西元一六七二年）的《醒風流》第一回就批評才子佳人傳書遞束、私訂偷盟違背名教，認為才子佳人必須遵從綱常倫理：「從來才子佳人配合，是千古風流美事。正不知這句話，自古到今，壞了多少士人女子。你看，端方的士人、貞潔的女子，千古僅見，卻是為何？只因人家子弟，到十六七歲時節，詩文將就成篇，竟自恃有子建之才；人品略覺不俗，便自恃有潘安之貌。卻不專讀聖經賢傳，兼喜看淫詞豔曲，打動欲心。

第六章　才子佳人小說的興盛

遇著婦女，便行奸賣俏，遞眼傳情，思量配合個佳人，做個風流才子，方為快心。弄出許多傷風敗俗的事來，以致德行大傷、功名不就，豈不可惜……有一種聰明乖巧的女子，讀了幾年書，把針黹女工倒拋在半邊，喜歡去尋閒書觀看。到十五六歲，情竇初開，妝臺賡和，月下傳吟，自道是個當今才女，見了俊俏書生，便動了憐香惜玉的念頭，不管綱常倫理，做出風流事來，玷辱門風，反不如裙布釵荊萬倍。」持此觀點，又要寫才子佳人的姻緣，他筆下的才子佳人定是名教楷模，一舉一動皆不越禮教雷池一步，婚姻絕非私心自訂，乃天理之作合。

此派的代表作是《好逑傳》四卷十八回，作者「名教中人」真實姓名不詳。此書今存寫刻本（阿英舊藏）。據日本《商舶載來書目》記載，日本享保十六年（清雍正九年，西元一七三一年）舶來書目中有《好逑傳》。此前，康熙五十八年（西元一七一九年）在廣東經商的英國人韋金生（James Wilkinson）將《好逑傳》譯成英文[08]，故而推測其為康熙前期作品。

《好逑傳》書名出自《詩經·周南·關雎》：「關關雎鳩，在河之洲。窈窕淑女，君子好逑。」書中才子鐵中玉是朝廷御史之子，既有文才，又有武略，為人任俠仗義；佳人水冰心是兵部侍郎之千金，美麗聰慧，才識過人。水冰心是家中獨女，父親被遣戍邊庭，其叔父欲占家兄財產，欲將姪女出嫁，許配之

08　參見《好逑傳》卷首《享譽世界的才子佳人小說》，中華書局 2004 年版。

第三節　重德型—《好逑傳》及其他

人又是一個歹人。鐵中玉與水冰心萍水相逢，救下了陷於困厄的水冰心。為此遭歹人暗算，中毒幾死，水冰心不顧男女之大防，接他到家中救治。孤男寡女同住一院，相敬有禮，略無男女私心。後來鐵中玉中進士入翰林，水冰心之父官復原職，兩家父母議婚成禮。兩人顧慮當年同住一院，妒恨者必有流言中傷，成婚卻不圓房。果然歹人串通朝臣舉劾鐵中玉先奸後娶，有汙名教。皇帝令後宮查驗，水冰心確為處女，遂諭兩人再結花燭。

《好逑傳》寫才子佳人，揚棄了詩束傳情、私訂終身等情節元素，著力描述鐵中玉的義俠之舉和水冰心的慧心俏膽、明識定力，讚揚他們貞潔自持的理性精神。乾隆時期的小說《駐春園》評論說：「歷覽諸種傳奇，除《醒世》、《覺世》，總不外才子佳人，獨讓《平山冷燕》、《玉嬌梨》出一頭地。由其用筆不俗，尚見大雅典型。《好逑傳》別具機杼，擺脫俗韻，如秦系偏師，亦能自樹赤幟。」

十九世紀初，德國文學家歌德讀到《好逑傳》，嘖嘖稱羨鐵中玉和水冰心「在長期相識中很貞潔自持，有一次他倆不得不同在一間房裡過夜，就談了一夜的話，誰也不惹誰。還有許多典故都涉及道德和禮儀。正是這種在一切方面保持嚴格的節制，使得中國維持到幾千年之久，而且還會長存下去」[09]。歌德的評

09　愛克曼輯錄：《歌德談話錄》，人民文學出版社 1978 年版，第 112 頁。

第六章　才子佳人小說的興盛

論切中《好逑傳》的要旨，但他讀到的中國小說很有限，他和伏爾泰那樣的歐洲啟蒙思想家一樣，看不到中國道學的虛偽和矯情，把禮教的社會想像得過於美好了。

　　重德型的小說還有《吳江雪》四卷二十四回。作者「吳中佩蘅子」，蘇州人，真實姓名不詳。〈自序〉署時「乙巳」，當為康熙四年（西元一六六五年）。此作可能早於《好逑傳》，但成就和影響不及《好逑傳》。作者對才子佳人私會偷盟也頗有微詞，批評《鶯鶯傳》：「崔張本是無情物，偷赴佳期但好淫。」（第十八回）又指責《嬌紅傳》的嬌紅、申生：「男愛女的姿容，女慕男的風流，在人面前倒裝做一個木瓜的模樣，心裡兩相情願，往往做出事來。」（第一回）《吳江雪》的才子佳人也是道學家，才子江潮，佳人吳媛，在寺廟進香邂逅鍾情，但訂婚之事完全由父母做主，兩人絕不苟且。中間曲盡波折，才子探花及第，皇帝賜婚，結局美滿。小說描寫江潮男扮女裝，由媒人引入吳媛閨房，男女二人共此一室，先是端莊對坐，後被媒人強逼同睡一床，一個志誠君子，一個冰清玉潔，一夕同衾，竟不相犯。其道德操守，更甚於《好逑傳》的主人公。此作的宗旨，正如〈自序〉所說「實欲導人於正」。

　　成書於康熙十一年（西元一六七二年）的《醒風流》二十回，敘才子梅幹與佳人馮閨英的姻緣，是「一個忠烈的才子，奇俠的佳人，使人猛醒風流中大有關係於倫理的故事」（第一

回）。梅幹與馮閨英曾在後花園相遇，但兩人都是目不相視、言不妄交，一個是見色不迷的正人君子，一個是持躬嚴飭的端方淑女。兩人從來未有過私念，婚姻完全由家長做主。洞房花燭之夜，閨英獲知新郎曾是家中僕人，「主僕而為夫婦，這個名分怎可壞得」？「從來婚姻大事，名教攸關，必先正名，然後言順。苟有瑕疵被人談論，便是終身之辱」（第二十回），便立即退出洞房。新郎梅幹原為國子祭酒的公子，為逃避奸臣迫害，改名換姓隱於馮家充做奴僕，他知道新娘就是避難之家的小姐，也覺不妥，「今若配合，則前事皆屬有私，故小姪今日寧失佳偶，不敢作名教罪人」（第二十回），也退出洞房。後由家長奏聞皇帝，皇帝下旨，兩人這才完婚。才子終於與佳人相配，但小說強調的是男女婚事應嚴格遵循禮教，容不得半點私情。觀念與《好逑傳》一脈相承，關目設計也有模仿《好逑傳》的痕跡。

《醒風流》大連圖書館藏本內封有「二集嗣出」四字，正文卷端題「醒風流奇傳初集」，可知作者「崔市散人」還編有「二集」。孫楷第《中國通俗小說書目》著錄有《鳳簫媒》四卷十六回，署「崔市散人編次」，據日本寶曆甲戌（清乾隆十九年，西元一七五四年）《舶載書目》載有素位堂刊本[10]。惜此書未見，不知是否就是《醒風流》二集。

10　孫楷第：《中國通俗小說書目》，人民文學出版社 1982 年新 1 版，第 160 頁。

第六章　才子佳人小說的興盛

重德型的才子佳人小說寫的也都是才子佳人的故事，但其旨趣卻是對談情說愛、婚姻自主傾向的反撥。因旨在說教，其描寫過於矯情，影響有限，無法成為才子佳人小說的主流。

第四節　重情型——《合浦珠》及其他

與崇奉名教的《好逑傳》、《醒風流》相對立的另一極是才子佳人小說的重情型作品。其代表作是煙水散人的《合浦珠》四卷十六回。

《合浦珠》卷首煙水散人〈自序〉云：「予謂天下有情士女，必如綺琴引卓，蕭寺窺鶯。投彩箋之秀句，步氏傾心；寄組織之回文，連波悔過。以至漱園之詩，曲江之酒，方足為風流情種垂豔人齒。然而蒼梧之泣，竹上成斑；寤寐之求，河洲致詠。必其一往情深，隔千里而神合；百憂難挫，阻異域而相思。牡丹亭畔，有重起之魂；玉鏡臺前，無改弦之操。如是而後謂之有情，始不虛耳。」這裡列舉了一系列情愛之典型，司馬相如與卓文君，張生與崔鶯鶯，步非煙與趙象，蘇蕙與連波（寶滔），杜麗娘與柳夢梅，溫嶠與其表妹，強調的都是一個「情」字，「唯深於情，故奇於遇」。

作者署「醉裡煙水散人」。「醉裡」即檇李，今浙江嘉興。「煙水散人」為徐震的別號。徐震，字秋濤。順治十六年（西元一六五九年）寫成文言小說《女才子書》時，自稱「二毛種

第四節　重情型—《合浦珠》及其他

種」。「二毛」指斑白的頭髮，潘嶽〈秋興賦序〉：「餘春秋三十有二，始見二毛。」古時習慣以「二毛」代指三十餘歲。關於他的身世，《合浦珠》「桃花塢釣叟」《題辭》說，「煙水散人半生不遇，落魄窮途」。其自序也說「數載以來，萍蹤流徙。裘敝黑貂，徒存季子之舌；夢虛錦鳳，遐辭太乙之藜。而曩時一種風流逸宕之思，銷磨盡矣」[11]。徐震是清初的一位小說大家，可與「天花藏主人」齊名。著有講史小說《後七國樂田演義》、話本小說《珍珠舶》、文言傳奇小說《女才子書》和豔情小說《桃花影》、《春燈鬧》等。

　　《合浦珠》敘明季金陵書生錢九畹，才學不凡，讀《嬌紅傳》深有感慨：「不遇佳人，何名才子。我若不得一個敏慧閨秀、才色雙全的，誓願終身不娶。」他在遊歷中逢名妓趙素馨，見其聰慧多才兼美貌絕倫，愛而欲娶之。錢九畹的業師鄭文錦是個奸詭小人，引誘錢九畹沉迷青樓，勾結老鴇謀騙他的錢財。這個圖謀被趙素馨揭穿，他們又勾結魏忠賢閹黨，以東林黨罪名將錢九畹投入監獄，錢九畹得友人之助跳出囹圄，投奔父親同年范家。范家小姐夢珠才色俱佳，兩人詩柬傳情，私訂終身。但范家有言，有明珠方可行聘，錢九畹得異人之助獲得明珠，與夢珠結為夫妻。此前錢九畹已金榜題名，後為官清正廉明，懲處了一貫作惡的鄭文錦，尋得趙素馨納以為妾。不久

11　《合浦珠》影印本。《古本小說叢刊》第十六輯第三冊，中華書局 1991 年版。

第六章　才子佳人小說的興盛

　　明朝覆亡，錢九畹偕妻妾隱居林下而得善終。

　　《合浦珠》寫才子佳人的婚戀，與重才型的《玉嬌梨》、《平山冷燕》顯有不同。情愛在情節中是渲染的重點，錢九畹幾近花花公子，嫖妓，與所追小姐的丫鬟偷情，一些情節設計受明代中篇文言小說的影響。此外，小說的背景有一些具象的描寫，魏忠賢閹黨柄國，迫害東林黨人，明朝社稷傾覆等。

　　徐震校閱的一部作品《賽花鈴》十六回，作者署「白雲道人」，真實姓名不詳。首有康熙元年（西元一六六二年）序。徐震所撰《題辭》曰：「予自傳《美人書》（即《女才子書》）以後，誓不再拈一字。忽今歲仲秋書林氏以《賽花鈴》屬予點閱。夫以紅生之佳遇歷歷，方娥之貞白不磨，非所謂才子佳人事奇而情亦奇者耶！」《賽花鈴》是模仿《合浦珠》之作。敘蘇州才子紅文畹與佳人方素雲歷經劫難而終成眷屬的故事。才子與佳人之間的阻撓者是佳人的兄長，才子不是以科舉進身，而是由軍功博得榮華富貴。中間插入俠客相助，扮作乞丐的俠客對才子說：「目今流寇縱橫，中原鼎沸。大丈夫苟有一材一技，何患無小小富貴。若能運籌帷幄、斬將搴旗，則斗大金印，取之易於翻掌耳。」（第八回）才子剿流寇建功立業，與佳人結合，一夫三妻隱於林下。如《合浦珠》，其間有情色描寫。

　　同一類型的作品還有《蝴蝶媒》四卷十六回，《情夢柝》二十回等等。這些作品一如《合浦珠》，才子佳人私訂終身，

第四節　重情型—《合浦珠》及其他

婚前雖不及於亂，但才子與小姐身邊丫鬟以及妓女等卻放縱行事。津津樂道於男歡女愛和一夫多妻，與重才型、重德型的作品相比，趣味明顯要低俗得多，有的作品距離豔情小說僅一步之遙。

第七章

豔情小說

第七章　豔情小說

第一節　清初豔情小說的活躍

　　豔情小說或稱色情小說，係指以描寫情欲性愛為主要內容的小說。它的邊界並不清晰。古代直至近現代，它的外延常常被擴大，把凡有穢褻筆墨的作品，甚至把凡寫兒女情戀的作品，統統歸於此類。道光十八年（西元一八三八年）江蘇按察使司公告銷毀淫詞小說一百一十六種，道光二十四年（西元一八四四年）浙江學政銷毀淫詞小說一百二十種，兩次禁毀書目中都有《紅樓夢》，就是定義擴大化的案例。

　　判斷一部小說「色情」與否，應當根據作品的主要內容和基本傾向。有些小說間或筆涉男女床第行為，如果這些描寫不單純是渲染性，而是關聯著人物性格的社會內涵和情節的發展，構成小說主題思想之不可分割的部分，這些作品不能歸為豔情小說。有些小說的情色文字也許沒有什麼文學的意義，或者是作者應書坊之請而加入的佐料，如果這些文字只占小說的極次要篇幅，刪去它們無損於人物性格、情節完整和主題思想，則這些作品也不能稱為豔情小說。豔情小說的宗旨就是渲染色情，以滿足社會的隱祕性需要。它的情節基本上就是簡單故事串聯起來的床上場面，訴諸的是感官的刺激。這類作品或許有一定的文化意義，卻沒有多少文學價值。

　　豔情小說濫觴於明代，至明季氾濫而公開發兌。湯來賀（西元一六〇七至西元一六八八年）《訓兒雜說後》云：「予幼聞

市淫詞者，謔名『簣底書』，蓋深藏於內，畏人見而罪之也。心術雖不端，而廉恥猶未盡喪。及丁卯（天啟七年，西元一六二七年）至會城，見顯然為市，手掩目而過之。及至都門，則可駭尤甚。予嘆曰：風俗至此，不忍言矣。庚辰（崇禎十三年，一六四〇年）與臺省諸公議及之。壬午（崇禎十五年，西元一六四二年）冬，鹽院楊內美先生語予曰：『天下事必不可為矣。』予問其故，先生曰：『科道亦談房術，京師遍市淫詞，廉恥喪盡，其能久乎？』由是觀之，端風化者，為治之本。焚淫書而罪其人，豈非治平要務哉？惜乎當日之不能也。」[01]

　　此文所記，毫不虛誇，明代中期以後，社會風氣淫靡，豔情小說應時而起，文言的如《如意君傳》、《天緣奇遇》、《癡婆子傳》，白話的如《繡榻野史》、《浪史》，它們在情節格局、敘述方式和語詞形容等方面都形成了一種模式，對清初豔情小說產生了直接影響。湯來賀與楊內美二位顯然秉持道學家的思維，他們把明朝覆亡歸咎於淫詞小說和社會風氣，有點本末倒置，掩蓋了社會制度、政治制度及其經濟、施政等導致社稷崩塌的根本原因。

　　清初豔情小說創作的活躍，由明末此類小說創作慣性的推動，是一方面的原因。客觀的因素也很重要。清朝最初四十年，其主要精力在軍事統一和政治統治秩序的建立，尚無暇顧

01　湯來賀：《內省齋文集》卷三十一。轉引自王利器《元明清三代禁毀小說戲曲史料》，上海古籍出版社 1981 年版，第 182 頁。

第七章 豔情小說

及小說創作這個角落，換句話說，小說創作尚有較大的自由空間。而大批文人被明清鼎革拋出社會主流，一些不願侍奉新朝和失意的士人，精神頹唐，縱情於醇酒和女色，排遣苦悶，豔情小說的活躍與此亦不無關係。

有清一代，清初是豔情小說創作最活躍的時期。影響較大且今存於世者，有《一片情》、《肉蒲團》、《桃花影》、《春燈鬧》、《鬧花叢》、《燈草和尚》、《濃情快史》等。

第二節 借淫說法

所謂「借淫說法」，是指一類作品不厭其詳的描寫性事，卻把這些描寫放在報應的故事框架裡，似乎作品的宗旨是戒淫而不是宣淫，用冠冕堂皇而實際蒼白無力的一點說教，來包裝其淫穢的內核。明代的《繡榻野史》即此類作品的先導者。

《一片情》順治刊本卷首「沛國怓仙」〈序〉就宣稱該書「不諷人以正，而諷人以邪」，認為「正之感人緩，不若邪之感人深，使其目擊利害之說，風波之險，變故之奇，翻覆之捷，強之不可，撓之不能，從而警心劌目焉」[02]。一言以蔽之，他是以淫說法。

《一片情》十四回，每回一篇小說。此話本小說集不題撰人，作序者「沛國怓仙」的真實姓名不詳，也許就是本書作者。

---

02 《一片情》影印本，《古本小說叢刊》第三輯，中華書局 1991 年版。

第二節　借淫說法

第十二回寫到弘光朝大選淑女，為清初作品無疑。全書十四篇作品皆描述市井男女情事。第一回〈鑽雲眼暗藏箱底〉敘老夫少妻，少妻紅杏出牆，釀成悲劇。第二回〈邵瞎子近聽淫聲〉敘一盲人卜者之年輕妻子與人私通，事發被休。第三回〈憨和尚調情甘繫頸〉敘一寺僧謀占寡婦，反被人算計，死於刑杖。第四回〈浪婆娘送老強出頭〉敘一徽商在京娶妾，妾與其妹欲以色奪其性命，徽商叔父察覺救之。第五回〈醜奴兒到底得便宜〉敘某參將之妾，不耐空房寂寞，與鄰舍兄弟通姦。第六回〈老婆子救牝詭擇婿〉敘一婦人以女兒色誘男子，成為地方笑柄。第七回〈缸神巧誘良家婦〉敘一少年與裝神的騙子誘姦商人之妻，事覺，俱命喪黃泉。第八回〈待詔死戀路旁花〉敘一箆頭開臉待詔勾引婦人而被殺死。第九回〈多情子漸得佳境〉敘妯娌三寡婦與人通姦，三女一男俱不得善終。第十回〈奇彥生誤入蓬萊〉敘一風流少年赴一少婦約會，卻誤入他家，並與此家姊妹私合，約會少婦候情人不至，遂悟前非。第十一回〈大丈夫驚心懼內〉敘一丈夫懼內，其妻與人私通，反被妻子呵責。第十二回〈小鬼頭苦死風流〉敘弘光朝廷選淑女，民間恐慌匆忙治婚，畢家少男娶大女，瞿家大男配幼女，瞿家子與畢家媳私通，鬧得兩家不寧。第十三回〈謀秀才弄假成真〉敘一秀才夫妻假稱兄妹赴他縣與霍氏成婚的鬧劇。第十四回〈騷臘梨自作自受〉敘裁縫之妻與其兩徒通姦，三人死於非命。

第七章　豔情小說

　　十四篇作品皆以市井閭巷情色傳聞為題材，語涉穢褻，但每篇開頭或結尾都綴有一段訓誡：好色貪淫沒有好結果。此書多少描繪了一些下層社會生活實景，反映了一些世情，風格類似晚明的話本小說集《歡喜冤家》，而筆調更加低俗。

　　《一片情》的第二、四、九、十一回，後來被改頭換面，變成《八段錦》的四、五、八、二「段」。

　　清初「借淫說法」的代表作是李漁所撰章回小說《肉蒲團》二十回。此書版行後屢遭查禁，故易名頗多，曰《覺後禪》、《耶蒲緣》、《玉蒲團》、《鍾情錄》、《巧奇緣》、《風流奇譚》、《野叟奇語》、《迴圈報》等。此書版本很多，但未見初刻本。《肉蒲團》署「情隱先生編次」，首有「西陵如如居士」〈序〉，有眉批和回末總評，評者署「情死還魂社友」。這些可能都是李漁的化名。把《肉蒲團》著作權歸於李漁的，最早是康熙年間的劉廷璣，他的《在園雜志》中說：「李笠翁漁，一代詞客也。著述甚夥，有傳奇十種，《閒情偶寄》、《無聲戲》、《肉蒲團》各書，造意創詞，皆極尖新。」[03]

　　劉廷璣很留意稗官小說，對於小說的見解也非一般泛泛之論，他的說法相當可信。若論《肉蒲團》的思想趣味和敘事風格，與《無聲戲》、《十二樓》很是吻合，如果沒有強而有力的反證出現，則不能推倒劉廷璣的結論。

03　劉廷璣：《在園雜誌》，中華書局 2005 年版，第 40 頁。

第二節　借淫說法

　　《肉蒲團》成書時間，「西陵如如居士」〈序〉有署時，但傳本有作「丁酉」者，有作「癸酉」者。在李漁生卒年區間，「癸酉」為崇禎六年（西元一六三三年），當時李漁二十三歲，正準備崇禎八年（西元一六三五年）的童子試，不可能撰作長篇說部，「丁酉」為順治十四年（西元一六五七年），那時李漁已絕意科舉，以印書賣文演戲為生，正在他創作小說的時段內，故「丁酉」為《肉蒲團》成書之年。康熙九年（西元一六七〇年）序刊《繡屏緣》第六回回末總評提到《肉蒲團》，可見它是清初作品。

　　《肉蒲團》以元末為背景，敘書生未央生不聽布袋和尚參禪修心之勸，放縱情欲，發願要淫遍天下美色。娶玉香為妻不久，即離家尋覓美女。得老道傳授床笫採戰之法，又得豪傑賽崑崙之助，先與商人權老實之妻豔芳勾搭成奸，相繼又私通有夫之婦香雲、瑞珠、瑞玉以及寡婦花晨。權老實為報未央生奪妻之仇，謀占了未央生之妻玉香和婢女如意，並將玉香賣到京城妓院。玉香在青樓被香雲、瑞珠、瑞玉之夫包養。未央生慕名探訪妓院，玉香窺見丈夫來嫖，羞愧自縊。未央生見狀大為震驚傷痛，省悟當年布袋和尚的訓導，遂落髮為僧，並揮刀自宮，徹底斷絕了淫念。

　　作者在第一回中宣稱講這個故事，「原具一片婆心，要為世人說法，勸人窒欲，不是勸人縱欲，為人祕淫，不是為人宣

173

第七章　豔情小說

淫」。作者還進一步闡述,「但凡移風易俗之法,要像大禹治水一般,因其勢而利導之,則其言易入。近日的人情,怕讀聖經賢傳,喜看稗官野史,就是稗官野史裡面,又厭聞忠孝節義之事,喜看淫邪誕妄之書,風俗至今日,可謂靡蕩極矣。有心世道者,豈可不思挽回?若還著一部道學之書勸人為善,莫說要使世上的人將銀錢買了去看,就如好善之家施捨經藏的一般,刊刻成書,裝訂成套,賠了帖子送他,他不是拆了塞甕,就是扯了吃煙,那裡肯施捨眼睛去看一看!不如就把色欲之事去歆動他,等他看到津津有味之時,忽然下幾句針砭之語,使他瞿然嘆息道女色之好如此,豈可不留行樂之身,常遠受用,而為牡丹花下鬼,務虛名而丟實際乎!又等他看到明彰報應之處,輕輕下一二點化之言,使他幡然大悟道:姦淫之必報如此,豈可不留妻妾之身自家受用,而為隋珠彈雀之事,借虛錢而還實債乎!思念及此,自然不走邪路。不走邪路,自然夫愛其妻,妻敬其夫,周南、召南之化,不外是矣。此之謂就事論事,以人治人之法」。這番說辭不無道理,但充斥全書的主要床笫行為的描寫所產生的效果,恰好與之相反,證明這種高論只是豔情文字的遮羞布而已。

　　《肉蒲團》第一回「以淫說法」的高論,被後世豔情小說奉為圭臬,《梧桐影》第一回,以及《萬錦嬌麗》之《精選勸世傳奇》第二種《止淫風借淫事說法,談色事就色欲開端》,都

是全文照抄。

　　順治九年（西元一六五二年）朝廷曾頒布嚴禁「瑣語淫詞」的禁令，康熙二年（西元一六六三年）朝廷又重申，私刻「瑣語淫詞」者要依法議罪。《肉蒲團》等豔情小說的風行，說明朝廷禁令收效甚微。《肉蒲團》不斷被翻刻，有些書坊還截取部分章回，另題書名出版，如《豔芳配》摘取第七至第十二回，《群佳樂》摘取第十三至第二十回。《肉蒲團》的實際影響超出坊間刊行的一般小說。

第三節　豔遇「佳話」

　　褪去「借淫說法」的遮羞布，徑以豔遇淫樂為風流佳話的小說，順治、康熙年間的代表作是《桃花影》和《春燈鬧》。

　　《桃花影》十二回、《春燈鬧》十二回，作者皆署「檇李煙水散人」，是徐震的作品，《桃花影》先出，因其暢銷，「茲後以《春燈鬧》續梓」（紫宙軒刊本《春燈鬧》內封識語）。或稱《春燈鬧》為「桃花影二編」。

　　《桃花影》敘明朝華亭秀才魏璆，字玉卿者，在家與僕婦有染，與鄰居寡孀卞二娘並侍女蘭英通姦，並垂涎其女非雲。魏生的醜行被揭發，避到父執鄒某家，又與鄒某之妾瑞娘及商婦小玉勾搭成奸。仇家以有傷風化的罪名告到官府，他不得不再行轉移，在蘇州一家尼庵藏身。此間又與尼姑了音苟合，

並得高人祕贈壯陽丹。地方官惜他才華,反責原告無賴誣訛。官司平息後,赴金陵鄉試,借居商人家,與商人妻花氏通姦。中舉後又勾搭蘇州寡居才女婉娘,險些被地痞捉姦。次年上京會試,中進士授錢塘知縣,上任即懲辦了仇家。此前豔遇之女子,瑞娘因情傷而死;卞二娘痛改前非;二娘之女非雲被仇家逼婚,逃亡途中遭劫投水,被某知府救起,嫁與魏生為妻;蘭英、小玉、了音、花氏、婉娘均為魏生姬妾。魏生一妻五妾,最後俱修道成仙。《桃花影》受明代中篇傳奇《天緣奇遇》的影響頗深,作者在第十二回末跋語中說:「予讀《天緣奇遇》,尤羨祁禹狄之佳遇甚多也。」魏生行為放蕩,不但沒有遭到報應,反而攜眾美成仙,可謂善終之極。

　　《春燈鬧》紫宙軒刊本內封「紫宙軒主人」識語談到此書的宗旨,描繪「洞房樂事」,就是要供人「閒窗娛覽」,沒有以淫說法的意思。識語曰:「從來正史取義,小說取情;文必雅馴,事須綺麗,使觀之者如入金谷園中,但覺膩紫嬌紅,紛紛奪目,而有麗人在焉,呼之欲出。且又洞房樂事,俱從靈腕描來;錦帳春風,盡屬情根想就。方足以供閒窗娛覽,而較之近時諸刻,不大逕庭者哉。」[04]

　　《春燈鬧》敘明末黃州蘄水縣秀才真楚玉上元燈節邂逅姚監生的外室蕙娘,蕙娘引真生入室成歡。酷好龍陽的姚監生竟

04　《春燈鬧》內封書影。參見陳慶浩、王秋桂主編《思無邪匯寶‧春燈鬧》,法國國
　　家科學研究中心、大英百科股份有限公司 2000 年版。

邀真生在家長住，真生改扮女裝與姚監生、蕙娘同室為歡，並與蕙娘的寡姐蘭娘成奸。時值天下大亂，姚監生同窗的高梧迷戀真生男色，劫持他投奔河南的李自成，真生落入賊營卻被李自成之女翠微奪占為面首。真生逃出途中巧遇高梧之女雲麗，二人訂為夫妻逃到南京。在南京依附弘光王朝重臣豐儒秀，上元燈節被豐儒秀侍姬嬌鳳引入內室成歡。真生與嬌鳳見豐儒秀尸位素餐，弘光朝危在旦夕，二人潛逃至祖籍東昌。南方局勢平定後，真生相繼找到被清軍擄去的蘭娘和蕙娘，重會已投奔自己老家黃州的翠微。至此，真生已有蘭娘、蕙娘、嬌鳳、雲麗、翠微五妻，後得道人點悟，偕五妻遷徙海南，遠離塵囂，不知所終。

　　《春燈鬧》與《桃花影》人物故事不同，但兩書都是寫一男相繼與眾女歡媾，魏生獲贈壯陽丹藥，真生吸得仙狐精丹，性事描寫極盡誇張之能事，而結局都是攜眾美逍遙世外。《春燈鬧》略有新意的是觸及一些社會現實，如李自成攻占北京而略無大志，弘光朝廷苟且貪歡，清軍擄掠婦女公開售賣，土匪一變而為新朝將官，第三回寫真生扮作女裝毫不羞愧，他說「此亦何妨？今世之士，如脂如韋，低首下氣，乞憐於權要之門，雖則冠帶巍峨，實與婦人無異，倒不如我縱恣自好」云云，對現實偶有針砭。

　　受《桃花影》、《春燈鬧》豔遇模式影響，康熙年間成書的

第七章　豔情小說

作品有《巫山豔史》（又名《意中情》）十六回，《巫夢緣》（又名《戀情人》、《迎風趣史》、《風月佳期》）十二回，《杏花天》十四回等等。《杏花天》由明代中篇傳奇《天緣奇遇》脫胎而來，模擬《桃花影》的痕跡清晰可辨。

第四節　舊題翻新

將舊故事添枝加葉，著意渲染情色，是清初豔情小說一部分作品的特點。

明代《如意君傳》寫武則天宮闈穢史，「嘉禾餐花主人」據以編成《濃情快史》三十回。劉廷璣《在園雜志》提到這部作品，乾隆、嘉慶時期小說《妖狐豔史》的人物講到這部作品，嘉慶九年（西元一八○四年）刊行的《蜃樓志》女主人公所讀淫書中有《濃情快史》，可見影響不小。

《燈草和尚傳》十二回，署「元臨安高則誠著」，高則誠為元末戲曲家、詩人，此為偽託。小說中提到《野史》（《繡榻野史》）、《豔史》（《隋煬帝豔史》），皆明人之作。此書實為清初作品。燈花婆婆的傳說在宋代已有記錄，明末小說《平妖傳》記敘頗詳，此書依此故事演繹，敘燈花爆出的婆婆、和尚和四女，攪得鄉宦一家淫亂不堪，家破人亡。第五回寫燈花婆婆的二女夏姐，口吐男子並與之戲謔，則出自南朝梁吳均《續齊諧記》之〈陽羨書生〉。此書情節虛幻，而色情則實。

　　《梧桐影》十二回，不題撰人。此書所寫三拙和尚與優伶王子嘉淫亂之事，是清初一大社會緋聞。王子嘉（王紫稼）是昆戲名角，尤侗《艮齋雜說》、徐《續本事詩》、吳偉業《梅村集》皆有關於他的記載。有所謂「國初有三妖：金聖歎儒妖，三折和尚僧妖，王子嘉戲妖」（《丹午筆記·哭廟異聞》）之說。此書結構鬆散，第一回抄《肉蒲團》「以淫說法」之論，第二回敘海瑞偵破寺僧誘騙淫占婦女一案，第三回敘一私娼被道士弄損元神殞命之事，前三回游離於本體故事之外。本體故事講三拙和尚深諳採戰之術，與蘇州第一旦角王子嘉狼狽為奸，姦淫婦女多人，事發枷號而死。其宗旨係襲「以淫說法」，但涉及性事則文字較為含蓄。

第五節　朝廷禁令之下豔情小說的流變

　　清初雖有朝廷嚴禁「瑣語淫詞」的飭令，但未遏制得了豔情小說蔓延之勢。康熙二十五年（西元一六八六年），江寧巡撫湯斌發表《嚴禁私刻淫邪小說戲文告諭》，指淫詞小說戲曲壞亂人心，傷敗風俗，凡此類書版立行焚毀，「其編次者、刊刻者、發賣者，一並重責，枷號通衢；仍追原工價，勒限另刻古書一部，完日發落」[05]。湯斌（西元一六二七至西元一六八七年）被康熙皇帝譽稱「學有操守」的名儒，在江寧巡撫任上，以正

05　《湯子遺書》卷九〈蘇松告諭〉。

第七章　豔情小說

風俗為先，令各州縣立社學，講《孝經》、《小學》，修泰伯祠，同時毀淫祠，禁淫詞小說，令地方「教化大行」。江寧巡撫管轄的範圍，正是全國小說創作的中心地區，書坊林立，湯斌指責這裡坊賈刊刻尤多，他的「告諭」收效如何，沒有文獻記載，尚難評估。

次年，康熙二十六年（西元一六八七年）刑科給事中劉楷上疏請禁除淫書，「臣見一二書肆刊單出貨小說，上列一百五十餘種，多不經之語、誨淫之書。販賣於一二小店如此，其餘尚不知幾何……臣請敕部通行五城直省，責令學臣並地方官，一切淫詞小說……立毀舊板，永絕根株」[06]。小說行銷的旺盛，北京如此，地方亦可想而知。

於是就有康熙五十三年（西元一七一四年）四月初四的皇帝諭旨：「朕治天下以人心風俗為本，欲正人心，厚風俗，必崇尚經學，而嚴絕非聖之書，此不易之理也。近見坊間多賣小說淫詞，荒唐俚鄙，殊非正理，不但誘惑愚民，即縉紳士子，未免遊目而蠱心焉。所關於風俗者非細，應即通行嚴禁。其書作何銷毀，市賣者作何問罪，著九卿詹事科道會議具奏。尋議，凡坊肆市賣一應小說淫詞，在內交與八旗都統、都察院順天府，在外交與督撫，轉行所屬文武官弁，嚴查禁絕，將板與書，一併盡行銷毀。如仍行造作刻印者，系官革職，軍民杖

06　琴川居士編：《皇清奏議》卷二十二，都城國史館琴川居士排字本，文海出版社1967 年影印本。

一百，流三千里；市賣者杖一百，徒三年。該管官不行查出者，初次罰俸六個月，二次罰俸一年，三次降一級調用。從之。」[07]

這是歷史上第一次立法焚毀小說，對主管衙門，小說創作者、刊刻者、市賣者的刑罰尺度，以及官員問責，都作了明晰的規定。禮部奉此上諭，立即通告全國一體遵行，後又收入《大清律例》卷二十三「刑律賊盜」。歷史上朝廷禁毀小說也偶有發生，但像清代這樣將禁毀小說常態化和法律化，乃前所未有。

立法禁毀，一定大大震懾豔情小說的創作、刊刻和流通，清初的創作高潮很快就退了下去，再也沒有出現像李漁、徐震這樣的大家。但用行政和法律的手段對付文學創作，畢竟難以徹底奏效。社會隱祕的色情文化需求，仍然刺激著豔情小說的產出。不過客觀情勢已發生了巨大變化，由明入清而被拋出在主流社會之外的文人都已辭世，以後出生的文人以科舉為鶩，也許讀小說的不少，但寫小說的有才華的文人，較之清初就大為減少了，更不要說編撰豔情小說。清初四十年以後，豔情小說作品的數量不減當年，但多為模仿、拼合和抄襲，文字也愈趨粗劣，不堪入目。

雍正年間成書的《姑妄言》二十四回，署「三韓曹去晶編撰」。「三韓」為遼東代稱，作者遼東人，真實姓名不詳。俄羅斯國家圖書館藏抄本二十四回，周越然所見「素紙精寫本」

07　《清聖祖實錄》卷二五八，中華書局 1986 年影印本。

第七章　豔情小說

存四十回[08]，分回與俄羅斯藏抄本不同。此殘本一九四一年由「優生學會」鉛字排印，僅供會員借觀。《姑妄言》近百萬字，敘寫明末社會各色人物在腐朽糜爛的末世氛圍中醉生夢死、放縱淫欲，最後家破人亡、社稷傾覆。情節複雜，結構鬆散。人物眾多，形象平面。作者津津於常態的和變態的性事描寫，這些描寫不過是沿襲舊套而已。作者《自評》說：「無非一片菩提心，勸人向善耳。內中善惡貞淫，各有報應。」標榜是以淫說法。豔情小說寫成百萬大書，實為小說史上之僅見。

乾隆時期以及以後的作品，抄襲和拼合者居多。《株林野史》十六回以《東周列國志》第五十二回、第五十三回和第五十七回所敘夏姬的一段豔史為情節，第十回寫夏姬與黑對偷情一段文字，抄自《巫山豔史》第六回。《濃情秘史》十一回係截取《杏花天》後半部而成，只是改換了人物姓名和故事地點。《春燈迷史》十回，模仿《春燈鬧》，且文字粗鄙。《怡情陣》十回幾乎全抄明《繡榻野史》。《換夫妻》、《風流和尚》、《巧緣豔史》、《豔婚野史》、《百花野史》、《兩肉緣》六部作品，皆改編《歡喜冤家》而成。此外，《妖狐媚史》十二回和《桃花豔史》十二回，事涉妖怪，情節荒誕，東拼西湊成章，文字亦低劣。清末有《碧玉樓》十八回，以報應為故事框架，雜湊各書而成。《歡喜浪史》十二回又抄襲《碧玉樓》，文字更為粗劣。

08　周越然：《書與回憶‧孤本小說十種》，遼寧教育出版社 1996 年版，第 146 頁。

第五節　朝廷禁令之下豔情小說的流變

　　朝廷禁毀淫詞小說，自康熙五十三年（西元一七一四年）入律之後，屢屢重申禁令，至同治年間，江蘇巡撫丁日昌甚至設立「銷毀淫詞小說局」專司其事，但所列書目漫無邊際，企圖將所有小說一網打盡，其收效也就可想而知了。

第八章

蒲松齡和他的《聊齋志異》

第八章　蒲松齡和他的《聊齋志異》

　　唐代是文言傳奇小說的黃金時代，宋元傳奇作品雖也不少，但已失去唐傳奇汪洋恣肆的氣象。迨至明初，《剪燈新話》稍有起色，到明中期以後，中篇傳奇以描摹兒女私情為意，已近於白話小說。明季文人多為當代異人作傳，多少與《世說新語》有所意連，講究敘事的完整和描寫的鋪張，缺少《世說新語》的神韻。

　　清初文言小說上承晚明餘緒，為異人作傳之風仍未消歇。這些傳記文輯錄在作家各自的文集中，作家未必認為他們是在寫小說，但當時就有人批評他們以小說為古文詞，實際上貶這類作品為小說。汪琬（西元一六二四至西元一六九一年）《跋王於一遺集》論及王於一（猷定）的〈湯琵琶傳〉和侯方域（字朝宗）的〈馬伶傳〉，說：「至於今日，則遂以小說為古文詞矣。太史公曰：『其文不雅馴，縉紳先生難言之。』夫以小說為古文詞，其得謂之雅馴乎？夜與武曾論朝宗〈馬伶傳〉、于一〈湯琵琶傳〉，不勝嘆息，可知此病久中於藝林矣。」汪琬站在古文的立場，作文力主淳厚質樸，自然認為這類傳記文失於雅馴。他所作《周忠介公遺事》敘明季東林黨人周順昌與閹黨鬥爭事蹟，頗得史家筆法，確與傳奇小說文體有間隔距離。

　　魏禧（西元一六二四至西元一六八一年）卻不固執古文法則，他的〈宗子發文集序〉云：「人生平耳目所見聞，身所經歷，莫不有其所以然之理。雖市儈、優倡、大猾、逆賊之情

狀，灶婢、丐夫米鹽凌雜鄙褻之故，必皆深思而謹識之，醞釀蓄積，沉浸而不輕發，及其有故臨文，則大小淺深各以類觸，沛乎若決陂池之不可禦。」魏禧的傳記文〈大鐵椎傳〉、〈賣酒者傳〉、〈許秀才傳〉、〈吳孝子傳〉、〈彭夫人家傳〉等，敘事描狀，就頗有傳奇小說之風。與侯方域（西元一六一八至西元一六五四年）的〈李姬傳〉、〈任源邃傳〉、〈馬伶傳〉、王猷定（西元一五九八至西元一六六二年）的〈湯琵琶傳〉、張明弼（西元一五八四至西元一六五二年）的〈董小宛傳〉、邵長蘅（西元一六三棲至西元一七〇四年）的〈侯方域魏禧傳〉、姜宸英（西元一六二八至西元一六九九年）的〈劉孝子尋親記〉等，皆為傳誦一時的作品。這類作品大致寫實，不乏想像，情理兼備，與傳奇小說形似而意殊，實為散文與小說之間的作品。

　　唯徐震的《女才子書》記敘明末清初十二位才女，著力表現她們的才色和情韻、膽識與賢智，敘述她們的悲歡際遇，與上述散文家的傳記文相比，就具有了傳奇小說的品質。徐震是小說家，熟悉明代中篇傳奇，《女才子書》卷六《陳霞如》就提到《三奇傳》（即《尋芳雅集》）。他是有意作小說的。《女才子書·凡例》說：「稗史至今日，濫觴已極。惟先生（徐震）以唐人筆墨，另施面目。」但真正超越宋元明傳奇，復歸唐人精神的，當數蒲松齡的《聊齋志異》。

第八章　蒲松齡和他的《聊齋志異》

第一節　蒲松齡生平與創作

　　蒲松齡（西元一六四〇至西元一七一五年），字留仙，一字劍臣，號柳泉，淄川（今山東淄博）人。五歲時，明朝覆亡，清朝定鼎北京。祖上也曾科甲相繼，在當地算是望族。至父輩，家道已經衰微，父親蒲槃不得不棄儒從商，不過仍督促蒲松齡兄弟研讀經史，以求科舉成名。蒲松齡少年即顯露才華，順治十五年（西元一六五八年）十九歲應童子試，縣、府、道三考第一，受考官施閏章賞識，贊他「觀書如月，運筆如風」。補博士弟子員，文名鵲起。此後他在舉業中慘澹經營，順治十六年（西元一六五九年）與同邑張篤慶等人結「郢中詩社」，以風雅道義廝切。康熙三年（西元一六六四年）到李堯臣家讀書，寒暑晝夜攻讀，與同窗勉勵以期有成。多次參加鄉試，卻始終考不中一個舉人，如他在小說中所言，「陋劣幸進而英雄失志」，「黜佳士而進凡庸」。他屢敗屢戰，從青絲到白髮，五十一歲還赴濟南鄉試，第二場因故未能終試，又告失敗。他妻子勸他放棄：「君勿復爾！倘命應通顯，今已臺閣矣。」[01] 此後不再應試，但終老也難以釋懷。康熙五十年（西元一七一一年）他七十二歲，見長孫蒲立德以第一補博士弟子員，感慨賦詩曰：「無似乃祖空白頭，一經終老良足羞。」把功名寄託在子

01　蒲箬：《清故顯考歲進士·候選儒學訓導柳泉公行述》。轉引自路大荒《蒲松齡年譜》，齊魯書社 1980 年版，第 76 頁。

第一節　蒲松齡生平與創作

孫身上，莫像他七十一歲才援例成為一個歲貢生。

　　蒲松齡家有田二十畝，農場老屋三間，靠農耕不能維持一家生活，如同一般落拓士人，為了養家糊口，或者設館授徒，或者充當幕賓。康熙九年（西元一六七〇年）應寶應知縣孫蕙之聘，開始遊幕生涯，次年孫蕙調署高郵州，他又隨往高郵。背井離鄉，拋妻棄子，非他所願，思戀家人和故鄉，在他的詩中多有表現。其〈寄家〉詩曰：「年來憔悴在風塵，貂敝誰憐季子貧？瑟瑟晚風吹落木，蕭蕭衰柳怨行人。秋殘病骨先知冷，夢裡歸魂不記身。雁足帛衣何所寄？布帆無恙旅愁新。」[02]不過游幕使他有機會認識官場，瞭解民生疾苦。而且幕友朝夕相處在公門，公餘之暇，談狐說鬼，交流異聞以排遣寂寞，這些無疑為他的小說創作提供了生活經驗和故事素材。他在高郵幕中有詩曰：「漫向風塵試壯遊，天涯浪跡一孤舟。新聞總入夷堅志，斗酒難消磊塊愁。尚有孫陽憐瘦骨，欲從玄石葬荒邱。北邙芳草年年綠，碧血青磷恨不休。」[03]「新聞總入夷堅志」，「夷堅志」是宋洪邁所編志怪小說集的書名，這裡代指小說。可知幕府生活的見聞，是《聊齋志異》素材的重要來源之一。

　　蒲松齡於康熙十年（西元一六七一年）辭幕回家，先後在同邑王敷政家、唐夢賚家和畢際有家設帳授徒，在畢家做塾師

02　《蒲松齡全集》第二冊《聊齋詩集》，學林出版社 1998 年版，第 6 頁。
03　《蒲松齡全集》第二冊《聊齋詩集》，學林出版社 1998 年版，第 33 頁。

第八章　蒲松齡和他的《聊齋志異》

的時間最長。畢際有（西元一六二三至西元一六九三年），字載積，號存吾，明朝尚書畢自嚴之子，順治二年（西元一六四五年）拔貢，曾任揚州府通州（今江蘇南通）知州，康熙十八年（西元一六七九年）歸田。畢家有園林之勝，藏書豐富，難得畢際有也是喜好稗官野史之人，《聊齋志異》中〈鴝鵒〉、〈五羖大夫〉等篇即為「畢載積先生記」。這樣一個環境，大有助於蒲松齡的創作。

在三十年塾師生涯中，蒲松齡曾幾次參加鄉試，次次「名落孫山」，失望悲憤之際，他也認識到科舉制度的種種弊端和對人性的戕害，這些感受和認識，也熔鑄在他的小說作品中。長期的農村生活，使他與農民結下了深厚的情誼，這種情誼不僅反映在他的小說作品中，還表現在他為鄉親們編寫農業生產和日用常識的書籍的行動上。他所編這類書籍有：《農桑經》、《藥案》、《日用俗字》、《婚嫁全書》、《曆字文》、《家政內外編》、《懷刑錄》等。康熙五十四年（西元一七一五年）元月二十二日，蒲松齡與世長辭，卒年七十六歲。

蒲松齡一生的寄託，主要還是在他的小說創作中。康熙十八年（西元一六七九年）所撰〈聊齋自志〉說他「才非干寶，雅愛搜神；情類黃州，喜人談鬼。聞則命筆，遂以成編」。搜神談鬼是有所寄託的，他說「集腋為裘，妄續幽冥之錄；浮白載筆，僅成孤憤之書；寄託如此，亦足悲矣」！

第一節　蒲松齡生平與創作

　　《聊齋志異》篇幅浩瀚，何時開筆，尚難以確考。康熙九年（西元一六七〇年）他南遊至沂州，被雨阻於旅舍，「有劉生子敬，其中表親，出同社王子章所撰桑生傳約萬餘言，得卒讀。此（〈蓮香〉）其崖略耳」[04]。當時有《途中》詩曰：「青草白沙最可憐，始知南北各風煙。途中寂寞姑談鬼，舟上招搖意欲仙。……」[05]旅途談鬼當不止一〈蓮香〉狐鬼矣。這說明至遲在康熙九年（西元一六七〇年），也就是蒲松齡三十一歲時就已在撰寫《聊齋志異》了。至康熙十八年（西元一六七九年），《聊齋志異》已初具規模，這年春天蒲松齡為它寫了序言〈聊齋自志〉。《聊齋志異》歸在清初時段，依據即在此。

　　但康熙十八年（西元一六七九年）並不是《聊齋志異》創作時間的終點。在此後的二十餘年中，蒲松齡還在補充篇什。今存《聊齋志異》計有四百九十餘篇，有不少作品寫於康熙十八年之後。記年最晚的〈夏雪〉篇末「異史氏」曰：「世風之變也，下者益諂，上者益驕。即康熙四十餘年中，稱謂之不古，甚可笑也。」、「康熙四十餘年」，後於〈聊齋自志〉已二十多年，此時蒲松齡已是六十多歲的老人了。

　　蒲松齡〈聊齋自志〉稱自己「才非干寶，雅愛搜神；情類黃州，喜人談鬼」。搜神的癖好與干寶相同。《晉書·干寶傳》

04　《聊齋志異》鑄雪齋本卷二〈蓮香〉。
05　《蒲松齡全集》第二冊《聊齋詩集》，學林出版社 1998 年版，第 2 頁。

第八章　蒲松齡和他的《聊齋志異》

說干寶父親的寵婢死而復生、兄長病絕見鬼神而悟，干寶由此相信鬼神的存在，遂撰《搜神記》。蒲松齡也說自己出生時，父親夢見一病瘠和尚入室，有錢幣大小的藥膏粘於乳際，而自己乳旁正好有一黑痣，故認為自己是病瘠和尚轉世

〈聊齋自志〉：「松懸弧時，先大人夢一病瘠瞿曇，偏袒入室，藥膏如錢，圓粘乳際。寤而松生，果符墨志……每搔頭自念：勿亦面壁人果是吾前身耶？」。「情類黃州」，蘇軾貶謫黃州，葉夢得《避暑錄話》記他在黃州喜與人談鬼說怪，蘇軾所著《東坡志林》和相傳為他所作的《艾子》中，確有志怪作品。蒲松齡繼承了魏晉志怪傳統，他記敘志怪，並非要「發明神道之不誣」，而是在編撰鬼神的異聞中貫注自己的情志，寄託自己的理想追求。所以他稱《聊齋志異》是孤憤之書。

《聊齋志異》的創作方式不同於長篇小說，也不同於話本小說的個人專集。此書「集腋為裘」，時間跨度大，作者書寫固然在冷案昏燈之下，但醞釀創作卻是開放的。周邊的友人不僅為他提供素材，而且是他的初稿的讀者和評者，甚至在某種程度上參與寫作。畢際有（字載積）是他坐館的東家，《聊齋志異》中的〈鴝鵒〉和〈五羖大夫〉是「畢載積先生記」。畢際有的族人畢怡庵讀了〈青鳳〉，嚮往美麗多情的狐精，情之所至，狐精竟然現身，這豔遇便寫成了〈狐夢〉。篇末蒲松齡記曰：「康熙二十一年臘月十九日，畢子與餘抵足綽然堂，細述其異。餘

日『有狐若此，則聊齋之筆墨有光榮矣』。遂志之。」唐夢賚曾為《聊齋志異》作序，書中〈泥鬼〉和〈酆神〉記的都是唐氏的經歷。

蒲松齡說自己「遄飛逸興，狂固難辭；永托曠懷，癡且不諱」（〈聊齋自志〉）。他一生放不下舉業，但小說創作始終還是擺在第一位的。康熙十一年（西元一六七二年）蒲松齡鄉試落榜，曾是他的幕主、時任江南同考官的孫蕙勸他：「兄臺絕頂聰明，稍一斂才攻苦，自是第一流人物，不知肯以鄙言作瑱否耶？」[06] 所謂「斂才攻苦」，就是勸諭他聚精會神於舉業，不要旁騖小說及其他。康熙二十六年（西元一六八七年）又值鄉試，友人張慶篤提醒他：「此後還期俱努力，聊齋且莫競談空。」[07]舉業和小說創作發生矛盾，蒲松齡始終不輟創作，這在科舉時代是一個被認為愚蠢的選擇，如果沒有超脫功利的胸襟，沒有堅持理想的追求，沒有對社會人生的深愛，是絕對做不到的。

第二節　情通狐妖鬼魅

《聊齋志異》近五百篇作品，最引人入勝的是人與狐精、鬼魅、花妖的情愛故事。人鬼戀、人妖戀的母題由來已久，魏晉志怪《列異傳》之〈談生〉；《搜神記》之〈紫玉〉、〈駙馬都

06　轉引自路大荒《蒲松齡年譜》，齊魯書社 1980 年版，第 23 頁。
07　轉引自路大荒《蒲松齡年譜》，齊魯書社 1980 年版，第 35 頁。

第八章　蒲松齡和他的《聊齋志異》

尉〉、〈崔少府墓〉、〈鐘繇〉；《戴祚甄異傳》之〈秦樹〉；《搜神後記》之〈李仲文女〉等，唐傳奇之〈任氏傳〉、〈李章武傳〉、〈唐暄〉等。《聊齋志異》繼承了志怪傳奇的傳統，並將這個母題發展到了極致。

狐精，長期以來有淫獸之稱，於人絕對有害。《玄中記》曰：「狐五十歲，能變化為婦人。百歲為美女，為神巫。或為丈夫，與女人交接。能知千里外事。善蠱魅，使人迷惑失智。千歲即與天通，為天狐。」[08]《初學記》引了《玄中記》之說，又補充說：「道士《名山記》曰：狐者，先古之淫婦也。其名曰紫，紫化為狐，故其怪多自稱阿紫也。」[09] 早期志怪多循此觀念，《洛陽伽藍記》記有一狐精化為婦人嫁給孫岩，真相暴露，便截取孫岩頭髮逃走，而頭髮含有人的精氣，狐精截去以吸精修煉[10]。唐傳奇〈任氏傳〉為狐精翻案，狐精任氏對情人鄭子說，她非傷人者，最後為了迎合情人之意而丟了性命。任氏是小說中第一位多情無害的狐精。《聊齋志異》把狐精分為兩類，〈蓮香〉的主人公蓮香就是狐精，她說狐有兩類：採補者和非採補者。採補者吸取異性精氣，令其羸瘠，奪其性命。而蓮香自己則是無害之狐。《聊齋志異》寫的狐精多是美慧少女，不但不傷人，

08　《太平廣記》卷第四四七〈說狐〉，中華書局 1961 年版，第 3652 頁。

09　《初學記》卷二十九《狐》，中華書局 2004 年第 2 版，第 717 頁。

10　狐精截髮之意，詳見韋鳳娟《靈光澂照》第三章第二節，河北教育出版社 2014 年版，第 204—212 頁。

第二節　情通狐妖鬼魅

反而能扶厄濟困、宜家宜室。實際上她們成了美好少女的化身。

〈青鳳〉寫書生耿去病與狐女青鳳的愛情，青鳳嬌美柔弱，對耿生一往情深。這私情被她叔父發現，怒斥青鳳敗壞門風。耿生豪放多情且有擔當，不以狐精為嫌，挺身衛護青鳳，後來救了青鳳，還救了奄奄一息的青鳳叔父。與狐精一家同居，其樂融融。小說描寫青鳳除了怕犬這點狐狸痕跡之外，與人間少女毫無差異。

青鳳對耿生拳拳深情，但囿於閨訓，不敢自主，在情愛中羞羞答答、畏首畏尾。與青鳳性格有鮮明反差的是〈蓮香〉中的狐精蓮香。蓮香豔麗絕色，主動追求愛情，假以西家妓女身分與書生桑曉相款昵，她發覺桑生被女鬼李氏纏住，以致羸瘵殆死，先後兩次出手相救。蓮香為桑生產下一子後，重病不起，臨終囑告桑生：「子樂生，我樂死。如有緣，十年後可復得見。」死後現為狐身，桑生以亡妻而厚葬之。十四年後，轉世的蓮香再嫁桑生。此篇中，女鬼李氏死而復生，蓮香死而轉世再生，生生死死，只在一個「情」字。蒲松齡在篇末感嘆說，在世之人往往置「情」於罔顧，「遂至覥然而生不如狐，泯然而死不如鬼」。

〈嬰寧〉所描寫的狐女嬰寧又別是一種性格，美慧純潔，愛笑，但笑而不掩其慧；性狂，但狂而不損其媚，形象鮮明可愛。作者特意通過追求她的王生的視角來描繪她所居環境，靜謐幽

第八章　蒲松齡和他的《聊齋志異》

雅，彷彿世外桃源，有力地烘托出嬰寧精神世界的清純脫俗。嬰寧嫁進王家，憨笑之態不改，鄰家惡少以為她憨傻欲施以非禮，被她狠狠懲治。她終於向王生傾吐出身，將養育她的鬼母移葬祖塋。嬰寧清純的形象具有極大的藝術感染力。

〈嬌娜〉寫書生孔雪笠與狐精皇甫一家的情誼和姻緣。孔生剛直多情，與狐精皇甫一家有通家之好。盛暑孔生罹患惡疾，嬌娜為他醫治，病癒後求娶嬌娜，但皇甫氏以嬌娜年齒太稚，而以松娘相許。松娘容貌風影不讓嬌娜，孔生卻難忘救治他的嬌娜。後來皇甫一家將遭鬼物雷霆之劫，孔生獲悉毅然以身衛護，皇甫一家倖免滅頂之災，孔生卻被擊斃。嬌娜不顧男女之嫌，以舌度紅丸於孔生口中，「接吻而呵之」，使孔生僵而復甦。孔生與嬌娜雖無夫妻之緣，但情誼深長，此超凡脫俗的男女關係，達到了詩意的境界。

青鳳、蓮香、嬰寧、嬌娜等狐精完全人性化了，是現實中難得一見的美好少女形象。蒲松齡的朋友畢怡庵「每讀〈青鳳傳〉，心輒嚮往，恨不一遇」（〈狐夢〉），說明這些形象可親可愛，令人完全忘卻其為異類。

《聊齋志異》中也有描寫狐精害人的作品，如〈董生〉中化為美女吸人精氣置人死地的狐精，〈賈兒〉中迷惑商人之婦的狐精，不過這類作品寥寥無幾，也代表不了《聊齋志異》的主要傾向。

第二節　情通狐妖鬼魅

　　寫人鬼戀的代表作是〈連瑣〉。連瑣是隴西人氏，隨父流寓山東，十七歲猝死，葬在泗水之濱。連瑣為鬼，幽恨滿腹，常於深夜誦詩遣懷，哀楚之聲飄入夜讀書生楊於畏耳中，楊生情不自禁與之唱和。人鬼相見，品詩談文，弄琴對弈，樂輒忘曉。楊生欲與歡合，連瑣曰：「夜臺朽骨，不比生人，如有幽歡，促人壽數。妾不忍禍君子也。」看來蒲松齡對鬼和對狐的認識是不同的，在〈蓮香〉中借蓮香的口說，「世有不害人之狐，斷無不害人之鬼，以陰氣盛也」。另一篇〈小謝〉中兩位女鬼愛上陶生，陶生欲與共寢，兩女鬼婉拒曰：「何忍以愛君者殺君乎！」〈聶小倩〉的女鬼聶小倩與寧生母子朝夕相處一年多以後，脫去了鬼氣，方與寧生成婚。所以蒲松齡在處理人鬼婚媾時，方法與人狐戀不同。楊生與連瑣的交往被友人發現，連瑣畏懼喧囂的生人，遂銷聲匿跡。楊生以為從此永別，不料連瑣在夜間被惡鬼脅迫，危難中來向楊生求救，楊生和朋友除掉惡鬼，兩人又往來如初。數月後連瑣受生人之氣，白骨頓有生意，但需生人之精血方可起死回生。楊生與之交接，並刺臂取血滴入臍中，百日後發塚出棺，連瑣果然復甦生還。

　　此篇與《列異傳》的〈談生〉、《搜神後記》的〈李仲文女〉，都是寫不幸早夭的少女鬼魂與書生纏綿相愛，不過，志怪是把人鬼戀作為異聞加以記錄，而〈連瑣〉則細膩地描寫了人鬼之間的精神、情感的交流，描寫他們如良師益友，展示了他

們真摯而溫柔的情愛，其文學境界超出了志怪小說。

〈香玉〉寫人與花妖之戀也頗具特色。在勞山下清宮讀書的黃生，邂逅白牡丹花妖香玉和耐冬花妖絳雪。黃生見香玉秀外慧中，香玉見黃生儒雅癡情，遂相愛至深。不期白牡丹被人移走而萎悴，黃生日日臨花穴痛哭，作哭花詩五十首。絳雪感動說：「妾以年少書生，什九薄幸，不知君固至情人也。」於是相伴為友，聲言「妾與君交，以情不以淫」。黃生的至情感動了花神，花神使香玉與他相見，但香玉此時已是花之鬼，形在而實虛。黃生遵香玉之囑，在白牡丹故處日日以藥水澆灌，香玉竟然再生。黃生十多年後死去，寄魂於牡丹之左，牡丹、耐冬之側便有赤芽怒生，三年高數尺，無知道士將他斫去，牡丹、耐冬亦憔悴萎去。篇末「異史氏」曰：「情之至者，鬼神可通。花以鬼從，而人以魂寄，非其結於情者深耶？一去而兩殉之，即非堅貞，亦為情死矣。」這篇作品把人妖戀寫得婉曲凄豔，感人至深，而且想像豐富奇特。生長的花可以成妖，花死則為鬼，花妖與人無異，花鬼則有形而無實，這些變幻出人意料，又在情理之中。

描寫人神戀的〈雲蘿公主〉在全書中算不得上乘之作，但它在文言小說人神戀作品序列中，卻有突出的創意。魏晉志怪寫人神戀的作品可以《幽明錄》所記劉晨、阮肇天臺山遇仙，以及泰山黃原與仙女妙音成婚的故事為代表，不外乎是俗人誤

入仙境與仙女遇合，重點是描寫仙境之華貴高雅，仙女之資質妙絕，情愛的成分稀薄。〈雲蘿公主〉不是寫男子誤入仙境，而是寫仙女雲蘿公主入於人間，她與安大業的結合，並非出自她的意願，而是緣於聖后包辦。作者之意不在於描寫愛情，而在於以雲蘿公主之雅，對比安大業之俗。雲蘿公主對安大業說，兩人若為棋酒之交，可得三十年聚首；若作床笫之歡，僅有六年諧合。安大業選擇床笫之歡。雲蘿公主失望地感嘆：「妾固知君不免俗道。」後來安大業科舉得意，欣欣然報知公主，公主愀然作色道：「三日不見，入俗幛又深一層矣。」雅與俗如此懸隔，自然不能相守終身，公主誕下兩子後即歸寧不返。對公主而言，這段婚配只是完成聖后的使命而已。蒲松齡認為志趣相投的愛情才算真正的愛情，相知相投更勝於床笫之歡。他在〈嬌娜〉篇末就說：「余於孔生，不羨其得豔妻，而羨其得膩友也。觀其容可以忘饑，聽其聲可以解頤。得此良友，時一談宴，則色授魂與，尤勝於顛倒衣裳矣。」「色授魂與」出自司馬相如〈上林賦〉，意謂「彼色來授我，我魂往與接也」。「顛倒衣裳」出自〈詩經·齊風·東方未明〉，隱指床笫行為。

　　另一篇〈蕙芳〉也是寫仙女入凡間與人婚配，不過這男子不是庸俗的書生，而是一個小商販。委身於彼，只是看重了那位小商販的「朴訥誠篤」。其寓意與〈雲蘿公主〉相去不遠。

　　蒲松齡創作《聊齋志異》，正是才子佳人小說大行其道的年

第八章　蒲松齡和他的《聊齋志異》

代。才子佳人小說的故事千變萬化，可有一點是不變的，那就是
才子最後都蟾宮折桂、金榜題名。功名富貴是才子佳人結合的關
鍵因素，這類小說反映了一般士人的人生追求，這種追求，在蒲
松齡看來是不可救藥的俗道。雲蘿公主看不起安大業博得功名之
得意之色，哂他「入俗幛又深一層」，即代表了蒲松齡的觀念。
他在描寫人神戀、人妖戀、人鬼戀、人狐戀的時候，完全排除了
門第、功名等世俗利害因素的影響，強調的是一個「情」字。

　　就是寫現實的婚戀，也都是只看重情投意合。〈細侯〉中
名妓細侯擇婿，標準只有一個：「同心」。她所愛的滿生，家產
「薄田半頃，破屋數椽而已」，她決意嫁他，「閉戶相對，君讀
妾織，暇則詩酒可遣，千戶侯何足貴！」〈阿寶〉寫窮書生與
富商女的婚戀。孫子楚癡心愛上的鉅賈之女阿寶，窮富懸殊，
聯姻絕無可能。但孫子楚忘我之追求，終於打動阿寶之心，她
拒絕貴冑富豪的求婚，寧願嫁給貧寒的孫子楚，「處蓬茅而甘藜
藿，不怨也」。

　　蒲松齡挖掘人性中真、善、美並給予充分而細緻的描繪，
在那個勢利黑暗、人心險惡的時代裡，非常難得。一個作家，
看到社會人世的黑暗和醜惡並不難，難就難在透過黑暗看到一
線光明，看到被醜惡遮蓋了的美好和善良。蒲松齡筆下的許多
狐妖鬼魅，以及許多平凡女子，都稟賦著不曾被現實汙染的純
真潔雅的心靈，這些優美的形象給人間溫暖和希望。

第三節　虛幻中的現實

　　《聊齋志異》以談鬼說狐為主，所建構的是一個色彩繽紛的神異虛幻世界。活躍在這個世界裡的狐妖鬼魅皆具人的性情，他們的故事也曲折地反映了現實生活，將浪漫與現實融為一體。

　　《聊齋志異》中有許多故事是虛的，但背景卻是實的。許多故事都是發生在明末清初的山東地區，從而揭示了當時殘酷的現實生活。〈亂離二則〉敘及清軍大肆擄掠婦女，「插標市上，如賣牛馬」。〈張氏婦〉敘康熙十三年（西元一六七四年）為鎮壓三藩之叛，南下大軍駐紮山東兗州，「雞犬廬舍一空，婦女皆被淫汙」，作者憤怒地說：「凡大兵所至，其害甚於盜賊：蓋盜賊人猶得而仇之，兵則人所不敢仇也。」順治年間山東爆發於七之亂，〈野狗〉記官軍「殺人如麻」，〈公孫九娘〉則寫得具體，棲霞、萊陽「一日俘數百人，盡戮於演武場中。碧血滿地，白骨撐天」。這些被戮之人，竟是「連坐被誅者」。順治四年（西元一六四七年）清軍攻陷謝遷據守的淄川縣城，殺人無數，〈鬼哭〉描述說，「往往白晝見鬼，夜則床下磷飛，牆角鬼哭」。順治五年（西元一六四八年）清軍鎮壓姜瓖大同之叛，果於殺戮，〈亂離二則〉記這場屠殺致使當地「百里絕煙」。〈鬼隸〉敘皇太極崇德四年（西元一六三九年）清軍攻濟南，「屠濟南，屍百萬」。《聊齋志異》多寫鬼魅，而鬼魅多出自清軍屠刀下的冤魂。蒲松齡以志怪的方式記錄時事，在清初文學創

第八章　蒲松齡和他的《聊齋志異》

作中實為僅見。

　　蒲松齡對封建官僚制度深惡痛絕，〈席方平〉敘席方平到陰間去為父親申冤，冥王、郡司、城隍以及隸役皆受賄而枉法，用各種酷刑折磨席方平，以阻其訴訟，席方平受盡磨難終於得以上訴二郎神，冤情大白，貪官汙吏受到懲處。二郎神對冥王等貪官的判詞約四百字，其實就是對陽間貪贓枉法官吏的一篇檄文。〈夢狼〉寫地方官白某，其衙署內蠹役滿堂，「納賄關說者中夜不絕」，簡直就是一個吃人的巢穴。白某自言做官的訣竅：「黜陟之權，在上臺不在百姓。上臺喜，便是好官；愛百姓，何術能令上臺喜也？」權由上授，媚上壓下，這就是官場的常態。〈張鴻漸〉寫盧龍縣幾個秀才揭發縣令貪暴之劣跡，儘管層層上告到皇帝，成為「欽案」，結果貪官毫髮未損，而告狀的幾個秀才不是瘐死就是遠徙，執筆寫狀的張鴻漸成為欽案之要犯，不得不流亡江湖。〈黃九郎〉寫某翰林彈劾陝西藩司，而貪暴的藩司早已「賂通朝士」，不但未被糾察，反升任為巡撫，彈劾他的翰林居然被迫害致死。蒲松齡曾憤激地說：「仕途黑暗，公道不彰，非袖金輸璧，不能自達於聖明，真令人憤氣填膺，欲望望然哭向南山而去！」[11]

　　在場屋奮鬥半生的蒲松齡，對科舉制度的弊端及應考士子的辛酸是有深切體會的，《聊齋志異》中涉及科舉的作品不少。

11　〈與韓刺史樾依書〉。《蒲松齡全集・聊齋文集》，學林出版社 1998 年版，第 123 頁。

第三節　虛幻中的現實

〈素秋〉描寫士子俞恂九，童試時，縣試、府試、院試第一，逾年科試，亦為郡、邑冠軍，由是文名大噪。鄉試之文卷傳出，被人爭相傳誦，然而榜出卻名落孫山。這簡直是蒲松齡自我經歷的寫照。「陋劣幸進，而英雄失志。」俞恂九不堪打擊，竟鬱悶而死。作者認為衡文之不公，在於考官的有眼無珠和收賄營私。〈于去惡〉借主人公的話說，主考官不是眼瞎（樂正師曠），就是愛錢（司庫和嶠），這類人來衡文取士，「吾輩寧有望耶」！〈司文郎〉描寫了一位盲眼卻能用鼻衡文的瞽僧（鬼），文章之香臭，辨識極為精准。有人拿了八九位考官的文章給他聞，他頓覺臭不可當，「向壁大嘔，下氣如雷」。這是一個虛幻的故事，但諷刺考官們的無才無識，卻是入木三分。

蒲松齡沒有根本否定科舉制度，但對科舉制度的批評還是相當尖銳的。考官的有眼無珠是一個方面，選拔人才只衡文而不察德，又是一個方面。〈司文郎〉描寫的「不得志於場屋」、死於甲申戰亂而化為遊魂的「宋」，在陰間考選為司文郎，「冥中重德行更甚於文學也」。正因為陽間科舉唯文是舉，且衡文標準失範，由科甲出身的官吏，貪酷顢頇的多，真有才學的少。〈續黃粱〉描寫的曾孝廉就是一個代表。他本是一個「飲賭無賴，市井小人」，僥倖「高捷南宮」。登上廟堂，又因與聖上「一言之合」，竟擢為首輔，把持朝政。在任上擅作威福，貪酷無度，終於被劾罷官，充軍雲南。途中被冤民斬首，死後入

第八章　蒲松齡和他的《聊齋志異》

地獄被投油鼎、滾刀山、灌銅水，轉世為窮家女，被誣凌遲處死，正悲號間豁然而寤。原來這一切只是曾孝廉在毗盧禪院的黃粱一夢。曾孝廉入朝做官為夢的開始，篇末「異史氏」曰：「夢固為妄，想亦非真，彼以虛作，神以幻報。黃粱將熟，此夢在所必有，當以附之邯鄲之後。」此為虛寫，實寫的有〈郭安〉，此篇實為筆記之文，敘「甲榜」出身的兩位縣令對兩件殺人案的判決：殺人子者，被判為人之子；殺人夫者，被判為人之夫。「此等明決，皆是甲榜所為，他途不能也。」真是荒謬絕倫。至於科甲出身的官僚之無學，〈于去惡〉就說，「得志諸公，目不睹墳、典，不過少年持敲門磚，獵取功名，門既開，則棄去，再司簿書十數年，即文學士，胸中尚有字耶！」

　　科舉制度對人的尊嚴和心智的戕害，〈王子安〉有一段生動的描寫。此篇本是敘一考後等待放榜士子的近乎癡狂的心態舉止，而篇後「異史氏曰」的篇幅與之相埒，其文如下：

　　　　秀才入闈，有七似焉。初入時，白足提籃，似丐。唱名時，官呵隸罵，似囚。其歸號舍也，孔孔伸頭，房房露腳，似秋末之冷蜂。其出場也，神情惝恍，天地異色，似出籠之病鳥。迨望報也，草木皆驚，夢想亦幻。時作一得志想，則頃刻而樓閣俱成；作一失志想，則瞬息而骸骨已朽。此際行坐難安，則似被繫之猱。忽然而飛騎傳人，報條無我，此時神色猝變，嗒然若死，則似餌毒之蠅，弄之亦不覺也。初失志，心灰意敗，大罵司衡無目，筆墨無靈，勢必舉案頭物而

第三節　虛幻中的現實

盡炬之；炬之不已，而碎踏之。踏之不已，而投之濁流。從
此披髮入山，面向石壁，再有以「且夫」、「嘗謂」之文進
我者，定當操戈逐之。無何，日漸遠，氣漸平，技又漸癢，
遂似破卵之鳩，只得銜木營巢，從新另抱矣。如此情況，當
局者痛哭欲死，而自旁觀者視之，其可笑孰甚焉。

王子安雖然不如後來的《儒林外史》范進的形象那麼豐滿
而有個性，但從其癡狂之態來看，算得上是范進的前輩。蒲松
齡的諷刺筆墨裡也是滿含酸楚和同情的。

蒲松齡在科場上蹭蹬了大半輩子，但他始終沒有迷失自
我，堅守著人格的底線。《司文郎》中游魂「宋」，寬慰鄉試落
榜的王平子說：「吾輩讀書人，不當尤人，但當克己。不尤人則
德益弘，能克己則學益進。當前踬落，固是數之不偶；平心而
論，文亦未便登峰，其由此砥礪，天下自有不盲之人。」〈葉生〉
寫葉生文章詞賦冠絕一時，可是場屋受挫，竟鬱鬱而死。死後
魂魄報答丁縣令知遇之恩，助其子科舉成名，自己亦中舉，返
回家鄉方知自己早已死去。蒲松齡為之扼腕，感嘆葉生不當如
此沉溺科舉，「人生世上，只須合眼放步，以聽造物之低昂而
已」。蒲松齡抨擊科舉制度的弊病，並非是一個科舉失敗者的
牢騷，他自己也不是癡迷而不能自拔者，他的批判是理性的，
包含著對人性的關懷和護衛。

蒲松齡疾惡如仇，也疾俗如仇。〈沂水秀才〉寫沂水秀才

第八章　蒲松齡和他的《聊齋志異》

在山中讀書，某夜忽有兩位美女光臨，皆含笑不語，一位將寫有幾行草書的白綾巾展示在桌上，另一位則置白銀一錠，秀才急忙將銀錠納入袖中，未曾瞥那白綾巾一眼，美女取巾而去，只留下一句話：「俗不可耐！」在一些人狐戀、人神戀的作品中，作者寫的是雅，描狀雅，就是對俗的一種批判。此篇揶揄取金而置麗人芳澤不顧的俗子，意猶未盡，又附記世上俗不可耐之事：

> 對酸俗客。市井人作文語。富貴態狀。秀才裝名士。旁觀諂態。信口謊言不倦。揖坐苦讓上下。歪詩文強人觀聽。財奴哭窮。醉人歪纏。漢人作滿洲調[12]。體氣苦逼人語。市井惡謔。任憨兒登筵抓肴果。假人餘威裝模樣。歪科甲談詩文。語次頻稱貴戚。

此文雖簡略，但已活畫出世上種種庸俗之態。蒲松齡所以把一些狐妖鬼魅描繪得清純可愛，是他的理想，也是他對現實世界的深度失望。〈小翠〉中的狐女小翠，知恩必報，幫助王太常一家避免滅門之禍，又治好其子的呆癡頑症，而王太常卻以一點小錯責罵小翠不已。篇末有評曰：「始知仙人之情，亦更深於流俗也！」此可知蒲松齡寫狐鬼寓意之所在。

12　又作「漢人作滿洲語」，據《異史》卷一〈沂水秀才〉文本。鑄雪齋本無「漢人」二字。

第四節　藝術創新和影響

　　唐傳奇由魏晉南北朝志怪演進而成，開啟了敘事文學小說的大門，成為風騷一時的文體。宋以後傳奇漸以敘述歷史故事和描摹閨情豔語為事，關懷現實的精神漸趨稀薄；而記述神怪的作品已不復傳奇筆法，又回到唐前志怪記異的老路上去，誕而不情，文字簡古。《聊齋志異》用傳奇筆法描述狐鬼精魅，誕而有情，恢復並發展了唐傳奇的精神，使文言小說藝術達到了空前高度。它所塑造的眾多狐鬼形象，具有不朽的藝術魅力。

　　中國關於鬼神的種種意象在魏晉志怪裡已基本呈現。宇宙空間分為三界，上則仙，中則人，下則鬼。人至善成仙，人死為鬼，鬼福者轉世為人。三界分明卻並非絕對封閉，仙與人、人與鬼皆可越界交往。又萬物長期吸收精氣即可成妖，「千歲之狐，起為美女」，「百年之鼠，而能相卜」，動物、植物以及器用物件，年深月久，皆可成精。數千年累積的神怪意象，在民間演繹成光怪陸離的傳說，而這些正是蒲松齡創作《聊齋志異》的豐富資源。

　　蒲松齡對於傳統的鬼神意象是有補充和發展的。比如人鬼戀，為何女鬼都要到陽間找男人，難道陰間就沒有男鬼嗎？〈蓮香〉中的女鬼李氏曰：「兩鬼相逢，並無樂處。如樂也，泉下少年豈少哉！」這就為傳統的人鬼相戀的故事提供了邏輯上的合理性。又如花可以成神，然而〈香玉〉的白牡丹花神香玉卻

第八章　蒲松齡和他的《聊齋志異》

可以死，而且死後成為花鬼。香玉成鬼後仍與情人黃生相聚，形象如前，觸之則虛無如影。香玉泣然曰：「昔妾，花之神，故凝；今妾，花之鬼，故散也。今雖相聚，勿以為真，但作夢寐觀可耳。」狐鬼與人生子，志怪中常有此說，然而仙女、花妖與人生子卻是罕有記載，〈雲蘿公主〉的仙女懷孕臨產，她說「妾質單弱，不任生產」，令婢女代之，將內衣脫與婢女身上，婢女即為她產下嬰兒。〈荷花三娘子〉的花妖生產時，「乃以刀剖臍下，取子出」，然後用帛束腹，傷口一夜癒合。這些想像非常奇特，但讀者不是不可以接受。

《聊齋志異》對於現實中人的描寫，也有許多虛幻的筆墨。〈阿寶〉中的孫子楚愛上阿寶，情之所鍾，靈魂可以進入阿寶的夢中，還可以附在鸚鵡身上與阿寶親近，性癡志凝，以至靈魂出竅。〈促織〉寫九歲小兒毀了父親上貢的蟋蟀，這蟋蟀關係著一家人的生計存亡，小兒恐懼投井自盡，死後竟化為一隻戰無不勝的蟋蟀。人化為蟲，這奇幻中寄寓著極大的悲情，荒誕卻非常真實。

蒲松齡豐富的想像，既依憑傳統的資源，同時又植根於現實生活。如果沒有對現實的深刻而細緻的觀察，沒有對生活的甜酸苦辣的體驗，是不可能創造出如此奇幻而又如此真實的藝術世界的。

《聊齋志異》作為小說，它塑造了一大批個性鮮明的藝術形

象。為父鳴冤到冥司告狀而不屈不撓的席方平（〈席方平〉），為報知己可以刲膺相贈、以死追隨的喬生（〈連城〉），教女鬼詩書、敢藐視權貴譴責城隍的陶望三（〈小謝〉），狂放不羈、義氣剛烈的耿去病（〈青鳳〉），以及儇薄致禍的馮生（〈辛十四娘〉）等。而千姿百態的女性形象更是清新、亮麗和可愛。純真癡憨的嬰寧（〈嬰寧〉）、任情善謔的小翠（〈小翠〉）、幼稚天真的小謝（〈小謝〉）、高雅飄逸的雲蘿公主（〈雲蘿公主〉）、機警貞烈的庚娘（〈庚娘〉）、多情賢慧的蓮香（〈蓮香〉）等。塑造如此眾多的鮮明形象，在文言小說史上絕無僅有。

蒲松齡寫人，深得《世說新語》以形寫神的壺奧，寥寥數筆的勾勒點染，即畫出人物的風韻神態。《嬰寧》寫嬰寧上元節與王子服邂逅，見王子服對自己注目不移：

> 女過去數武，顧婢曰：「個兒郎目灼灼似賊！」遺花地上，笑語自去。

「目灼灼似賊」，準確地刻畫出王子服驚豔傾倒的神態，此語似貶，但「遺花地上，笑語自去」的動作，又分明含情脈脈。此亦足以讓王子服神魂顛倒。

〈青鳳〉描寫一個狐精家族占據了耿家住宅，耿去病不畏狐鬼，單身夜闖空宅，見樓上狐精老少咸集——

第八章　蒲松齡和他的《聊齋志異》

　　　　生突入，笑呼曰：「有不速之客一人來！」

　　一個動作，笑呼一句話，就凸顯出耿去病無所畏懼和狂放不羈的風貌。

　　再如〈紅玉〉寫馮相如月下初會紅玉：

　　　　相如坐月下，忽見東鄰女自牆上來窺。視之，美。近之，微笑。招以手，不來亦不去。

　　這裡沒有對話，只是以相如的視角觀察在牆頭偷窺的少女，筆墨極其簡練，「招以手，不來亦不去」，活畫出紅玉癡情而又猶豫的神態。

　　蒲松齡敘事能創造詩一般的意境。《聊齋志異》的許多故事都發生在荒齋廢園或曠野墳場，人物又多是狐鬼妖魅，但情節的展開卻毫無恐怖陰冷的氣氛，反倒是充滿了亮麗的色調和燃燒的熱情，其清靜幽雅，早已超出凡庸世間的塵囂。《聊齋志異》絕無紗帽氣、市儈氣和窮酸氣，始終都有一種穿透庸俗的獨超眾類的自然高雅的精神力量，閃爍著人性的善良、純潔、溫柔和優美的光輝。它是小說，也可視為散文之詩。

　　《聊齋志異》成稿後先是在親友圈中傳抄，當時的文壇泰斗王士禎聞訊也致函蒲松齡，索得稿本讀後賦詩曰：「姑妄言之姑聽之，豆棚瓜架雨如絲。料應厭作人間語，愛聽秋墳鬼唱詩。」王士禎（西元一六三四至西元一七一一年），山東新城（今桓臺

縣）人，官至刑部尚書。他所撰《池北偶談》有「談異」七卷，也記神鬼傳說，其中〈林四娘〉[13]一篇，與《聊齋志異》的〈林四娘〉所記是同一個人物，篇中所錄林四娘詩，與蒲松齡所記同中有異。比較兩篇，《池北偶談》實錄傳聞，而《聊齋志異》卻虛構了許多情節，尤其描述了林四娘與陳寶鑰的人鬼戀，注入了情。王士禎有興趣於志怪，但他不作傳奇。「姑妄言之姑聽之」即含有對虛擬有所不屑的意思。他給《聊齋志異》的題詞，並非一味讚揚。

但一般讀者卻喜讀《聊齋志異》不已。蒲松齡坐館的東家姪子畢怡庵讀了〈青鳳〉之後，癡迷入夢，果然與一狐女纏綿有年，蒲松齡據以寫成〈狐夢〉。此非個案，紀昀《閱微草堂筆記》之〈槐西雜誌〉（三）就記東昌一書生「稔聞《聊齋志異》青鳳、水仙諸事，冀有所遇」，竟也美夢成真，不過那妙麗的狐女只是戲弄了他一場。范興榮（西元一七八六至西元一八四八年）《咳影集》卷三〈宦若秋〉寫湖北羅田一書生癡迷《聊齋志異》，在居室後建一小樓，期盼青鳳、蓮香光顧，而把自己的美麗多才的妻子冷落一旁。謝坋（西元一七八四至西元一八四四年）《雨窗記所記》卷三〈白棉線〉記泗水娼女白棉線喜聽人說《聊齋志異》，有人戲之曰：「卿喜聽此書，喜狐乎？喜鬼乎？」棉線笑曰：「君言及此，君必門外漢耳！惶惶宇宙，何

13　《池北偶談》，中華書局 1982 年版，第 512、513 頁。

第八章　蒲松齡和他的《聊齋志異》

狐何鬼？此蒲公憤世語也，抑蒲公勸世文也。」白棉線，可謂善讀《聊齋志異》者。

《聊齋志異》在民間的傳播更多是依靠說唱、戲曲和白話改寫，改編成俗曲的，如〈張誠〉改編成〈慈悲曲〉，〈珊瑚〉改編成〈姑婦曲〉，〈商三官〉、〈席方平〉合而編成〈寒森曲〉，〈仇大娘〉改編成〈翻魘殃〉，〈江城〉改編成〈禳妒咒〉，〈張鴻漸〉改編成〈富貴神仙〉等。

改編成戲曲的品種更是林林總總。乾隆三十三年（西元一七六八年）錢惟喬將〈阿寶〉編成傳奇〈鸚鵡媒〉，嘉慶八年（西元一八〇三年）陸繼輅將〈西湖主〉、〈織成〉編成〈洞庭緣〉，此劇在光緒年間又改成京劇〈富貴神仙〉。道光年間，李文瀚將〈胭脂〉編成〈胭脂鞋〉，黃燮清將〈曾友于〉編成〈脊令原〉、〈西湖主〉編成〈絳綃記〉。同治、光緒年間，「聊齋戲」更是活躍在大江南北的舞臺。僅女劇作家劉清韻（西元一八四一至西元一九〇〇年後）改編的劇碼就有〈丹青副〉（據〈田七郎〉）、〈天風引〉（據〈羅剎海市〉）、〈飛虹嘯〉（據〈庚娘〉）。粗略統計下來，「聊齋戲」京劇約有四十多種，川劇約有六十多種，僅〈胭脂〉一篇，就被京劇、川劇、秦腔、河北梆子、評劇、越劇等多個劇種改編演出。

《聊齋志異》被改寫成話本小說的有《醒夢駢言》，十二篇小說改寫自〈陳雲棲〉、〈張誠〉、〈阿寶〉、〈大男〉、〈曾友

于〉、〈姊妹易嫁〉、〈珊瑚〉、〈仇大娘〉、〈連城〉、〈小二〉、〈庚娘〉、〈宮夢弼〉。這些故事凡背景在明末清初者，都一律改變時間，顯然是畏避文字獄。人物也都改名換姓，情節略有變動。

　　《聊齋志異》問世以後，大大刺激了傳奇小說的創作。徐承烈《聽雨軒筆記・自跋》（乾隆五十七年六月）曰：「蒲柳泉《聊齋志異》一出，即名噪東南，紙為之貴。而接踵而起者，則有山左齋之《夜譚隨錄》，武林袁簡齋之《新齊諧》，稱說部之奇書，為雅俗所共賞。」

　　《聊齋志異》開創了文言小說創作的新局面，學步它的，如徐氏所列之《夜譚隨錄》和《新齊諧》；也有反駁它的，如紀昀的《閱微草堂筆記》，反駁，也是《聊齋志異》巨大影響的一個標識。

第八章　蒲松齡和他的《聊齋志異》

參考文獻

楊伯峻（1990）。《春秋左傳注》。北京：中華。

［漢］司馬遷（1975）。《史記》。北京：中華。

［漢］班固著［唐］顏師古注（1962）。《漢書》。北京：中華。

［南朝宋］范曄撰［唐］李賢等注（1965）。《後漢書》。北京：中華。

［晉］陳壽（1959）。《三國志》。北京：中華。

［後晉］劉昫等撰（1975）。《舊唐書》。北京：中華。

［宋］歐陽脩（1975）。《新唐書》。北京：中華。

［宋］司馬光（1956）。《資治通鑒》。北京：中華。

吉林出版編（2005）。《御批通鑒綱目》。吉林：吉林出版

汪聖澤（1977）。《宋史》。北京：中華。

［明］宋濂（1976）。《元史》。北京：中華。

［清］張廷玉（1974）。《明史》。北京：中華。

［清］吳乘權等輯，施意周點校（2009）。《綱鑒易知錄》。北京：中華。

［清］趙爾巽等撰（1977）。《清史稿》。北京：中華。

王鍾翰（1983）。《清史列傳》。北京：中華。

中華書局編（1986）。《清實錄》。北京：中華。

［清］阮元校刻（1980）。《十三經注疏》。北京：中華。

聞人軍（1986）。《諸子集成》。上海：上海古籍。

［唐］杜佑（1988）。《通典》。北京：中華。

［宋］馬端臨（1986）。《文獻通考》。北京：中華。

1965 年。《四庫全書總目》。北京：中華。

［南朝梁］蕭統（1986）。《文選》。上海：上海古籍。

陳鼓應注譯（1983）。《莊子今注今譯》。北京：中華。

陳鼓應編著（1984）。《老子注譯及評介》。北京：中華。

余嘉錫（1980）。《四庫提要辨證》。北京：中華。

葉瑛校注（1994）。《文史通義校注》。北京：中華。

季羨林校注（2000）。《大唐西域記校注》。北京：中華。

［清］浦起龍通釋（1978）。《史通通釋》。上海：上海古籍。

文獻

[清]趙翼著，王樹民校證（1984）。《廿二史劄記》，北京：中華。

[宋]蘇軾（1981）。《東坡志林》。北京：中華。

伊永文（2006）。《東京夢華錄箋注》。北京：中華。

[宋]孟元老（1998）。《東京夢華錄》（外四種），北京：文化藝術。

[元]陶宗儀（1959）。《南村輟耕錄》。北京：中華。

[南宋]周密（1988）。《癸辛雜識》。北京：中華。

[唐]徐堅（2004）。《初學記》。北京：中華。

[明]謝肇淛（2001）。《五雜組》。上海：上海書店。

[明]胡應麟（2001）。《少室山房筆叢》。上海：上海書店。

[明]王守仁（1992）。《王陽明全集》。上海：上海古籍。

王明編（1960）。《太平經合校》。北京：中華。

[明]陸容（1985）。《菽園雜記》。北京：中華。

[明]葉盛（1980）。《水東日記》。北京：中華。

[明]郎瑛（1988）。《七修類稿》。北京：文化藝術。

[明]鄧士龍（1993）。《國朝典故》。北京：北京大學。

[明]陸粲撰，譚棣華、陳稼禾點校（1987）。《庚巳編客座贅語》。北京：中華。

[明]李詡（1982）。《戒庵老人漫筆》。北京：中華。

[明]熊過（1997）。《南沙先生文集》。《四庫全書存目叢書‧集部》第91冊，山東：齊魯。

[明]陳洪謨（1985）。《治世餘聞繼世紀聞》。北京：中華。

[明]沈德符（1959）。《萬曆野獲編》。北京：中華。

[明]余繼登（1981）。《典故紀聞》。北京：中華。

[明]田汝成（1980）。《西湖遊覽志》。浙江：浙江人民。

[明]田汝成（1980）。《西湖遊覽志餘》。浙江：浙江人民。

[明]何心隱（1981）。《何心隱集》。北京：中華。

楊正泰校注（1992）。《天下水陸路程（三種）》。山西：山西人民。

[明]王錡（1984）。《寓圃雜記》。北京：中華。

[明]宋懋澄（1984）。《九籥集》。北京：中國社會科學。

[明]李清（1982）。《三垣筆記》。北京：中華。

[明] 鄭曉（1984）。《今言》。北京：中華。

[南宋] 洪邁（1994）。《容齋隨筆》。吉林：吉林文史。

[明] 劉若愚（1982）。《明宮史》。北京：北京古籍。

[清] 錢謙益（1982）。《國初群雄事略》。北京：中華。

[明] 王應奎（1983）。《柳南隨筆》。北京：中華。

[明] 湯顯祖（1982）。《湯顯祖詩文集》。上海：上海古籍。

[清] 王士禛（1982）。《池北偶談》。北京：中華。

[清] 王定安（1995）。《求闕齋弟子記》。上海：上海古籍。

[清] 陳田（1993）。《明詩紀事》。上海：上海古籍。

[清] 錢大昕（1997）。《嘉定錢大昕全集》。江蘇：江蘇古籍。

[清] 劉廷璣（2005）。《在園雜誌》。北京：中華。

[清] 劉獻廷（1957）。《廣陽雜記》。北京：中華。

[明] 姚士麟（1985）。《見只編》。《叢書集成初編》。北京：中華。

[明] 李贄（1975）。《焚書》。北京：中華。

[清] 徐鼒（1957）。《小腆紀年附考》。北京：中華。

[清] 俞樾（1995）。《茶香室叢鈔》。北京：中華。

[清] 琴川居士編（1967）。《皇清奏議》。新北：文海。

[清] 余治（1969）。《得一錄》。新竹：華文。

[清] 張宜泉（1984）。《春柳堂詩稿》。上海：上海古籍。

[清] 丁日昌（1969）。《撫吳公牘》。新竹：華文。

鄧之誠（1996）。《骨董瑣記全編》。北京：北京出版社。

朱駿聲（1958）。《六十四卦經解》。北京：中華。

李慈銘（2001）。《越縵堂讀書記》。遼寧：遼寧教育。

上海書店出版社編（2007）。《清代文字獄檔》。上海：上海書店。

[清] 爱新覺羅敦敏（1984）。《懋齋詩鈔・四松堂集》。上海：上海古籍。

[清] 繆荃孫（2014）。《繆荃孫全集》。江蘇：鳳凰。

汪維輝編（2005）。《朝鮮時代漢語教科書叢刊》。北京：中華。

[清] 董康（1988）。《書舶庸譚》。遼寧：遼寧教育。

浙江古籍出版社輯（1992）。《李漁全集》。浙江：浙江古籍。

[清] 丁耀亢（1999）。《丁耀亢全集》。河南：中州古籍。

文獻

盛偉編（1998）。《蒲松齡全集》。上海：學林。

孫漱石（1997）。《退醒廬筆記》。上海：上海書店。

[清] 梁啟超（1989）。《飲冰室合集》。北京：中華。

陶湘編（2000）。《書目叢刊》。遼寧：遼寧教育。

吳熙釗、鄧中好校（1985）。《康南海先生口說》。廣東：中山大學。

中國社科院近代史所等編（1981）。《孫中山全集》。北京：中華。

包天笑（1971）。《釧影樓回憶錄》。香港：大華。

[清] 顧炎武（1994）。《日知錄集釋》。湖南：岳麓書社。

[漢] 許慎（1963）。《說文解字》。北京：中華。

上海古籍出版社編（1986）。《全唐詩》。上海：上海古籍。

周振甫（1981）。《文心雕龍注釋》。北京：人民文學。

[明] 高儒（2005）。《百川書志》。上海：上海古籍。

王重民等編（1957）。《敦煌變文集》。北京：人民文學。

王重民（1983）。《中國善本書提要》。上海：上海古籍。

葉德輝（1988）。《書林清話》。遼寧：遼寧教育。

[清] 梁啟超（1985）。《中國近三百年學術史》。北京：北京中國書店。

湯用彤（1983）。《漢魏兩晉南北朝佛教史》。北京：中華。

程千帆（1980）。《唐代進士行卷與文學》。上海：上海古籍。

傅璿琮（1986）。《唐代科舉與文學》。陝西：陝西人民。

陳垣（2001）。《中國佛教史籍概論》。上海：上海世紀。

錢鍾書（1979）。《管錐編》。北京：中華。

錢存訓（2004）。《中國紙和印刷文化史》。廣西：廣西師範大學。

張秀民（1989）。《中國印刷史》。上海：上海人民。

雷夢辰（1989）。《清代各省禁書匯考》。北京：北京圖書館。

陳寅恪（1980）。《柳如是別傳》。上海：上海古籍。

余英時（1987）。《士與中國文化》。上海人民出版社。

戈公振（2003）。《中國報學史》。上海：上海古籍。

長澤規矩也（1952）。《和漢書的印刷及其歷史》。日本：吉川弘文館。

馬祖毅（1999）。《中國翻譯史》。湖北：湖北教育。

吳世昌（1984）。《羅音室學術論著》。北京：中國文聯。

陳耀東（1990）。《唐代文史考辨錄》。北京：團結。

謝國楨（2004）。《明清之際黨社運動考》。上海：上海書店。

蕭一山（1986）。《清代通史》。北京：中華。

中國人民大學清史研究所編（2000）。《清史編年》。北京：中國人民大學。

[清] 蟲天子（1992）。《香豔叢書》。北京：人民文學。

周越然（1996）。《書與回憶》。遼寧：遼寧教育。

鄭光主編（2000）。《元刊〈老乞大〉研究》。北京：外語教學與研究。

陳平原、夏曉虹編（1997）。《二十世紀中國小說理論資料》。北京：北京大學。

W‧C‧ 布思 (John Wilkes Booth) 著，付禮軍譯（1987）。《小說修辭學》。北京：北京大學。

大衛‧利明、愛德溫‧貝爾德（1990）。《神話學》（李培茱等譯），上海：上海人民。

[英] 盧伯克（1990）。《小說美學經典三種》。上海：上海文藝。

愛克曼輯錄，朱光潛譯（1978）。《歌德談話錄》。北京：人民文學。

丁錫根編（1996）。《中國歷代小說序跋集》。北京：人民文學。

舒蕪等編（1981）。《中國近代文論選》。北京：人民文學。

侯忠義編（1985）。《中國文言小說參考資料》。北京：北京大學。

中國戲曲研究院編（1959）。《中國古典戲曲論著集成》。北京：中國戲劇。

大連圖書館參考部編（1983）。《明清小說序跋選》。遼寧：春風文藝。

孫楷第（1982）。《中國通俗小說書目》。北京：人民文學。

孫楷第（1958）。《日本東京所見小說書目》。北京：人民文學。

樽本照雄（1997）。《清末民初小說目錄》。日本：清末小說研究會。

石昌渝主編（2004）。《中國古代小說總目》。山西：山西教育。

李劍國（1993）。《唐五代志怪傳奇敘錄》。天津：南開大學。

李劍國（1997）。《宋代志怪傳奇敘錄》。天津：南開大學。

朱一玄、劉毓忱編（1983）。《三國演義資料彙編》。百花文藝出版社。

馬蹄疾編（1980）。《水滸資料彙編》。北京：中華。

劉蔭柏編（1990）。《西遊記研究資料》。上海：上海古籍。

文獻

黃霖編（1987）。《金瓶梅資料彙編》。北京：中華。

李漢秋編（1984）。《儒林外史研究資料》。上海：上海古籍。

欒星編（1982）。《歧路燈研究資料》。河南：中州書畫。

一粟編（1963）。《紅樓夢卷》（古典文學研究資料彙編），北京：中華。

北京故宮博物院明清檔案部編（1975）。《關於江寧織造曹家檔案史料》。北京：中華。

一粟編（1963）。《紅樓夢書錄》。北京：中華。

魏紹昌編（1980）。《李伯元研究資料》。上海：上海古籍。

魏紹昌編（1982）。《孽海花資料》。上海：上海古籍。

蔣瑞藻編（1984）。《小說考證》。上海：上海古籍。

孔另境編（1982）。《中國小說史料》。上海：上海古籍。

1994 年。《傳奇匯考》。北京：書目文獻。

莊一拂（1982）。《古典戲曲存目匯考》。上海：上海古籍。

馮其庸、李希凡主編（2010）。《紅樓夢大辭典》（修訂本），北京：文化藝術。

王利器輯錄（1981）。《元明清三代禁毀小說戲曲史料》。上海：上海古籍。

譚正璧（1980）。《三言兩拍資料》。上海：上海古籍。

[宋] 李昉等編（1961）。《太平廣記》。北京：中華。

[元] 陶宗儀（1986）。《說郛》。北京：北京中國書店。

魯迅輯（1997）。《古小說鉤沉》。山東：齊魯。

李時人編校（2014）。《全唐五代小說》。北京：中華。

[元] 陶宗儀（1988）。《說郛三種》。上海：上海古籍。

李劍國輯校（2001）。《宋代傳奇集》。北京：中華。

程毅中編（1995）。《古體小說鈔·宋元卷》。北京：中華。

喬光輝校注（2010）。《瞿佑全集校注》。浙江：浙江古籍。

[南宋] 洪邁（1981）。《夷堅志》。北京：中華。

[明] 臧懋循編（1989）。《元曲選》。北京：中華。

隋樹森編（1959）。《元曲選外編》。北京：中華。

北京圖書館出版社著（1998）。《日本藏元刊本古今雜劇三十種》。北京：北京圖書館。

李佑成、林熒澤編譯（1997）《李朝漢文短篇集》。韓國：一潮閣。

周欣平主編（2011）。《清末時新小說集》。上海：上海古籍。

吳組緗主編（1991）。《中國近代文學大系・小說集》。上海：上海書店。

劉世德、陳慶浩、石昌渝主編（1991）。《古本小說叢刊》。北京：中華。

《古本小說集成》編輯委員會著（1994）。《古本小說集成》。上海：上海古籍。

陳慶浩、王秋桂主編（2000）。《思無邪匯寶》。臺北：大英百科。

魯迅（1975）。《中國小說史略》。北京：人民文學。

胡適（1988）。《胡適古典文學研究論集》。上海：上海古籍。

胡適（1988）。《胡適紅樓夢研究論述全編》。上海：上海古籍。

鄭振鐸（1984）。《鄭振鐸古典文學論文集》。上海：上海古籍。

魯迅（1979）。《魯迅論中國古典文學》。福建：福建人民。

孫楷第（2009）。《滄州集》。北京：中華。

孫楷第（2009）。《滄州後集》。北京：中華。

趙景深（1980）。《中國小說叢考》。山東：齊魯。

袁珂（1982）。《神話論文集》。上海：上海古籍。

譚正璧（1956）。《話本與古劇》。上海：上海古典文學。

戴望舒（1958）。《小說戲曲論集》。北京：作家。

聞一多（2009）。《神話與詩》。武漢：武漢大學。

胡士瑩（1980）。《話本小說概論》。北京：中華。

周紹良（1984）。《紹良叢稿》。山東：齊魯。

阿英（1985）。《小說閒談四種》。上海：上海古籍。

阿英（1980）。《晚清小說史》。北京：人民文學。

[清] 王國維（1944）。《宋元戲曲史》。上海：商務印書館。

吳曉鈴（2006）。《吳曉鈴集》。河北：河北教育。

周汝昌（1976）。《紅樓夢新證》。北京：人民文學。

戴不凡（1980）。《小說見聞錄》。浙江：浙江人民。

馬幼垣（1980），。《中國小說史集稿》。臺北：時報。

許政揚（1984）。《許政揚文存》。北京：中華。

葉德均（1979）。《戲曲小說叢考》。北京：中華。

文獻

馬幼垣（1992）。《水滸論衡》。新北：聯經出版。

周貽白（1986）。《周貽白小說戲曲論集》。山東：齊魯。

韓南著，尹慧珉譯（1989）。《中國白話小說史》，浙江：浙江古籍。

王秋桂等譯（2008）。《韓南中國小說論集》。北京：北京大學。

李劍國（1984）。《唐前志怪小說史》。天津：南開大學。

李劍國、陳洪主編（2007）。《中國小說通史》。北京：高等教育。

李豐楙（1996）。《誤入與謫降》。臺北：學生書局。

徐志平（1988）。《清初前期話本小說之研究》。臺北：學生書局。

陳益源（1997）。《元明中篇傳奇小說研究》。香港：學峰文化。

黃仁宇（2001）。《十六世紀明代中國之財政與稅收》。香港：三聯。

吳晗（1956）。《讀史劄記》。香港：三聯。

鄧廣銘（2007）。《岳飛傳》。香港：三聯。

徐復嶺（1993）。《醒世姻緣傳作者和語言考論》。山東：齊魯。

周建渝（1988）。《才子佳人小說研究》。臺北：文史哲。

胡萬川（1994）。《話本與才子佳人小說之研究》。臺北：大安。

韋鳳娟（2014）。《靈光澈照》。河北：河北教育。

王瓊玲（2005）。《夏敬渠與野叟曝言考論》。臺北：學生書局。

路大荒（1980）。《蒲松齡年譜》。山東：齊魯。

陳美林（1984）。《吳敬梓研究》。上海：上海古籍。

時蔭（1982）。《曾樸研究》。上海：上海古籍。

陳大康（2014）。《中國近代小說編年史》。北京：人民文學。

梅節（2008）。《瓶梅閒筆硯》。北京：北京圖書館。

陳益源（2003）。《王翠翹故事研究》。北京：西苑。

張愛玲（2012）。《紅樓夢魘》。北京：北京十月文藝。

鄭明娳（2003）。《西遊記探源》。臺北：里仁書局。

磯部彰（1993）。《西遊記形成史研究》。日本：創文社。

王三慶（1981）。《紅樓夢版本研究》。臺北：石門圖書公司。

陳平原（1997）。《陳平原小說史論集》。河北：河北人民。

胡從經（1988）。《中國小說史學史長編》。上海：上海文藝。

林明德編（1988）。《晚清小說研究》。新北：聯經出版。

後記

寫完最後一節，長長吁了一口氣。終於到達了終點。

想要做這個課題很久了，但遲遲未能完成。並非不用功，提筆方知讀書少，若東拼西湊草率成篇，就有違當年的初心，故不能不潛入文獻浩瀚海洋，同時對小說發展進程中許多問題進行反覆思考，完成的日子就這樣延宕。這是我深感愧疚的。其間研究《清史》。花去了五年時間，當然，在研究〈典志·小說篇〉，對於撰寫小說史清代部分大有助益，但畢竟使小說史的寫作中斷。隨著時間推移，更加覺得重要的歷史應該被看見，這樣的信念使我不能不竭盡全力，完成了這部書。

且不論這部書品質如何，但我必須感謝許多學界友人對我的幫助，也令我難以忘懷。在日本訪學期間，磯部彰教授不辭辛苦和繁難，幫我聯繫並陪我到宮城縣圖書館、內閣文庫、尊經閣文庫、東京大學圖書館及東京大學東洋文化研究所圖書館等日本著名的各公私圖書館查閱文獻資料。在東京和京都的訪書，還得到大塚秀高教授和金文京教授的大力協助。在荷蘭萊頓大學訪學時，承蒙漢學院圖書館館長吳榮子女士特許，利用高羅佩特藏室，此時已在哈佛大學執教的原漢學院院長伊維德（Wilt L.Idema）教授從美國回來，在高羅佩特藏室與我討論小說版本與《水滸傳》成書年代問題，使我受益良多。

後記

　　書稿中引用前輩和時賢的研究成果頗多，有的已加注標明，也有未盡注明者，他們的成果都是我今天賴以向上攀登的基石，在此，謹向他們表示崇高的敬意。

電子書購買

國家圖書館出版品預行編目資料

亂世中小說的千姿百態：從《豆棚閒話》到《聊齋志異》，從超脫俗世的諷喻到神異虛幻的追求 / 石昌渝著. -- 第一版. -- 臺北市：崧燁文化事業有限公司, 2022.06
　　面；　公分
POD 版
ISBN 978-626-332-362-9(平裝)
1.CST: 中國小說 2.CST: 中國文學史
820.97　　111006894

亂世中小說的千姿百態：從《豆棚閒話》到《聊齋志異》，從超脫俗世的諷喻到神異虛幻的追求

臉書

作　　　者：石昌渝
封面設計：康學恩
發 行 人：黃振庭
出 版 者：崧燁文化事業有限公司
發 行 者：崧燁文化事業有限公司
E - m a i l：sonbookservice@gmail.com
粉 絲 頁：https://www.facebook.com/sonbookss/
網　　　址：https://sonbook.net/
地　　　址：台北市中正區重慶南路一段六十一號八樓 815 室
Rm. 815, 8F., No.61, Sec. 1, Chongqing S. Rd., Zhongzheng Dist., Taipei City 100, Taiwan
電　　　話：(02) 2370-3310　　傳　　　真：(02) 2388-1990
印　　　刷：京峯彩色印刷有限公司（京峰數位）
律師顧問：廣華律師事務所 張珮琦律師

—— 版權聲明 ——

定　　　價：320 元
發行日期：2022 年 06 月第一版
◎本書以 POD 印製